大眼小眼

子心故事集

木子心 著

生命如星空般璀璨迷人，
每当我们张开小小的眼睛仰望夜空，
星星也在眨着大大的眼睛俯瞰着我们，
我们的生命里都发生过哪些故事呢？

WUHAN UNIVERSITY PRESS
武汉大学出版社

图书在版编目(CIP)数据

大眼小眼:子心故事集/木子心著.—武汉:武汉大学出版社,
2022.5(2022.8 重印)

ISBN 978-7-307-23038-5

Ⅰ.大… Ⅱ.木… Ⅲ.故事—作品集—中国—当代 Ⅳ.I247.81

中国版本图书馆 CIP 数据核字(2022)第 065863 号

责任编辑:聂勇军　　　责任校对:李孟潇　　　版式设计:马　佳

出版发行:**武汉大学出版社**　　(430072　武昌　珞珈山)

（电子邮箱:cbs22@whu.edu.cn　网址:www.wdp.com.cn）

印刷:武汉中科兴业印务有限公司

开本:880×1230　　1/32　　印张:9.25　字数:215 千字　　插页:1

版次:2022 年 5 月第 1 版　　2022 年 8 月第 2 次印刷

ISBN 978-7-307-23038-5　　　　定价:49.00 元

序

缘 分

认识子心的时间不长，但却感觉老久了，也许这就是缘分。

认识她是因为文字，相知也是因为文字，闲暇时间每每翻看她的文字，总会给我带来不一样的感觉，真实而又真情，写事而又言理。

我曾问她故事都是怎么来的，她告诉我一切都在路上，坐车路上，上课路上，回家路上……

对于她的这个答案，我想了挺久，是啊，每个人写文章的方式虽都不一样，有人喜欢在夜深人静时，有人喜欢在繁华闹市里，但有一点肯定是相同的，就是不管怎样写，一切都在路上，因为故事离不开生活，而生活总是在路上。

我也不记得哪一天她偶然跟我提起未来想要出一本自己写的书，这个偶然对我来说很突然，但对她来说却是早已定好的规划。就好比她对生活的期盼一样，只要有想法就一定要努力去做，所以出书就真的成了她勇敢前行的一个步骤，而这一切却又顺其自然地成为了现实。

《大眼小眼》就这样出现在了我们面前，眼观世界，我陪你一起走进那些美妙的故事里，用大眼观天下，用小眼识真理。

假如你有缘翻到了这本书，你一定会发现一个快乐的灵魂在用心地书写着一群快乐精灵的故事。

你看，那盆多肉黄丽和两只黄鹂鸟，在有着一棵皂角树的村子，等待那缕缕炊烟飘起的时刻，不管天空有没有下起雨，它们都约定去十里画廊，一起吟诵一首《游子吟》，等燕子归来……

你都看到了吗？多么灵动而不缺生活气息的故事啊，我是真心喜欢这些故事，我真希望我也可以活在那些故事里，用我的眼陪你赏尽万千世界……

山中游客

二零二二年元月三十一日

写于福建福州

生命对望，童话般静美

　　能在心仪的作品里加入自己的文字，是件幸运的事，更为幸运的是，能看着本书的作者在继续精进。

　　我与子心老师的缘分，源自她的小说作品《上辈子，你欠了我五块钱》。我曾在评论里写道："这部小说不仅有深入的涵养，还用大众能读懂的浅近文字演绎了至深的情感。"翻阅此本《大眼小眼》，深入处情感表达更为清澈，并兼有似上帝视角的人文关怀。

　　在一切皆可复制的时代，"现代童话"的作品并不少见，不过这样的作品却是易写难工。易在选材浅显易懂，这些故事在人人身边似乎都会发生；难则难在作者流露出的真情实感，并不是人人都能从中发现并体悟到真善美的存在。

　　看待人生有很多种角度，子心老师肯定是"纯净如水"角度的代表。她的文字非心灵纯净、明亮通透而无以为之。清澈的人无非两种，一种是向来被保护得很好，心灵不曾受过浸染；另一种则是经过"不净观"般的历练，却看山依旧是山，看水依旧是水。我想子心老师属于后者，才使得她的文字可以共情共感于这个时代。

　　每个人的生命都如星空般璀璨，置身其间，我们既是被动者也是主动者，既是参与者也是创造者，既是体验者也是观察者。每当我们张开小小的眼睛仰望夜空，星星也在眨着大大的眼睛俯视着我们。我们感知、体悟、模仿、创造；我们失败、思考、勇敢、升华。我们努力直面自己，为自己欣喜，为自己哭泣。

进入子心老师的文字空间，我们似乎和她一起构建了一个属于我们的世界，我们不是旁观者，而是参与者。我们的心绪随着主人公起落，我们的眼界随着他们的脚步拓展，一起去探寻生命的真谛。

我们与生命对望，我们因此感动，我们因此歌颂。

读子心老师的《大眼小眼》，总有儿时读童话时的快感。童话之所以成为童话，大抵因为它美好到并不真实。既然童话都是假的，为什么还要讲给孩子们听呢？我想，就是因为这些故事里面包含的真、善、美，从来都存在于我们心里最柔软的地方吧。

北辰旧少年

二零二二年二月九日

写于深圳

用爱著文

　　诗文字画，大抵从胸臆中流出，此为宋代诗论家张戒在《岁寒堂诗话》中所言。

　　一文落纸，每一个字，每一句话，每一段文……哪怕是不起眼的一个标点符号，无不散发着著文者的精气神……

　　文如其人，大抵如此。

　　某人不才，实为梅山乡野蛮人，没甚文采。今为《大眼小眼》作序，勉力却也有幸。遥记某年某月，恰如古人张戒所言，某人胸臆中略有所感……于是乎，捡起丢了十多年的笔头，开始写起文来，颇以为"文采飞扬"……

　　可惜，某人不喜欢吆喝，只知道傻傻地日更鬼怪小说和苗疆风情，两月有余，阅文者却寥寥无几……

　　忽的，某日，名曰"木子心"的文友阅文评文。某人回踩，才知晓不久前被一散文吸引，文中有伤痕文学的味道，又在字里行间充满着希望，而那种对家人不掺杂任何杂质的亲情，尤为触人心扉，便留言论述一二，不曾想，就此结缘，交到一位亦师亦友的"有德之人"。

　　何为"有德"？

　　老子言"人有德行，如水至清"。子心老师便是这样的一位。而她的文，就如同她的人一般，水样的清澈……

　　某人愚见，好的文，无须讲大的道理。嬉笑怒骂，柴米油盐，闲侃小品……只要自己喜欢，直抒胸臆，便是美文。恰巧，子心老师的文中，处处都是生活的烟火味儿。文中有家里的老牛，有窗台上的多肉，有唱歌的黄鹂，有梦里的桂，有雾中的山，有逝去的哥，有色香味，有炊烟，有约定，有幸福……也就有了《大眼小眼》……

某人喜静，不太会华丽言辞。想来一千个日日夜夜只是开始，"文"依旧得诸君自己去看。至于，曹丕在《典论·论文》中所言"文人相轻，自古而言"的说辞，某人是不大赞同的。文人，自有文人的风骨，若是相轻了，大抵是"道不同，不相为谋"了。

读书，阅人，亦是如此。

某人藏着私心，冀望读子心老师文章的人，不奢望去看什么人生哲理，若能在文中找到温暖，或是能想到自己应多发光，便是极好，亦算是"同道中人"了。

最后，某人想到了王小波的两句话。

王小波说：没有了爱的语言，所有的文字都是乏味的。某人想说，此处的文字不缺爱，处处烟火味。

王小波说：好的文字有着水晶般的光辉，仿佛来自星星。某人想说，此处的文字，犹如晨曦下的水纹，清澈明亮，它们都来自一颗纯净的心灵。

二零二二年元月十七日

写于岳麓山

目录

小引

小时候，看见书摊上的小画书，常想：它们是怎么来的？有字，有图画，这么好看！

十八岁的时候，实现梦想，当了孩子王，领着一帮孩子，徜徉在书的海洋里。"知之为知之，不知为不知"，感动于先贤孔子的虚心好学和诲人不倦；读《西游记》，喜欢上了神通广大的孙悟空；看到安徒生，就想起了丑小鸭，最后变成了白天鹅……

子心和孩子们，被书里的故事感动着。梦想着：什么时候，咱们也能写写故事，也被自己的故事感动呢？

于是，一千个日日夜夜，当星星挂在夜空中，子心开始了讲故事……

01

谁的天空下起了雨

（一）

秋天，不肯走！

校园里的桂花树，今年春、夏都没有开花。它可是四季桂，以前，每个季节里，它都要开一次，来证明自己名副其实。

爱它的人，从春天开始盼起。

它，静静地长在校园东边的花坛里，鹅黄的叶，告诉人们春天已经来临。

它的叶子，长得很快，一两天就高过了窗台。教室里的光线不好了，园丁拿来大剪子，把它剪成了圆形。

阳光透过窗户照进来，一个小男孩站在窗户边。圆圆的脸蛋，胖嘟嘟的。那对乌溜溜的大眼睛，好像永远有一碧汪泉。

（二）

男孩八岁了，从一年级开始，送他上学的总是婆婆，爸爸妈妈长什么样子，同学们没见过，老师也没见过。

那是去年春天的时候，老师带他们上课文《桂花雨》。琦君的童年，浸在桂花雨里，"细细香风淡淡烟，竞收桂子庆丰年"，想起和母亲在院子里摇桂花树的情景，琦君的心里满是温暖。

小男孩看见，老师讲课的时候，眼睛里也有淡淡的烟。

老师的家很远，男孩记得老师说过，桂子飘香的季节，自己的妈妈就给老师做香囊，爸爸就给老师做桂花饼。

可是，爸爸妈妈离开老师很久了，他们已经去了天堂，住在月亮的旁边。老师说，月亮里的桂花树，种在了学校的花坛里，看到它，就看到了爸爸妈妈！

男孩很爱老师，他经常叫错，把老师叫成妈妈，同学们都笑他。老师说，没关系，我很乐意做你的妈妈！

那天下课的时候，男孩去了花坛里，他想看看，桂花开了没有？

上课了，他的座位是空的。老师很疑惑，孩子去哪里了呢？

"报告！"是小男孩，他跑得气喘吁吁，汗水顺着头发大颗大颗地往下滴。

"怎么迟到了？"

"我……"男孩低着头，一脸歉意，因为迟到，影响了同学们。

"老师，他手里有东西！"同桌是个细心的女孩，发现男孩的手攥得紧紧的。

"是什么呀，能给我看看吗？"

听老师说想看，男孩松开了手，"哟，是一朵桂花呢！桂花树开花了吗？"

"老师，开了一朵！我轻轻摇了一下桂花树，它就掉下来了！"

"哦，这朵桂花，是为你开的！"老师笑盈盈地抚摸着男孩的头。

"不！老师，这花都干了，可能是去年的，一直留在树上不想走呢！"女孩就是观察仔细，富有想象力。

"没错，它就是为了等琪琪来找它呢！"琪琪，是小男孩的小名，他很喜欢老师这样叫他。

"嘿嘿，老师，送给你，香的！"琪琪把桂花放在老师手里。

老师双手捧着，凑近鼻子闻了闻："真的香呢，谢谢琪琪！"琪琪看见，老师的眼睛里又起了淡淡的烟……

（三）

秋天已经来临，桂花树，真的开花了！

琪琪，六年级，十一岁，长成大男孩了。

他喜欢写日记，在那个大地色的小本本里，记着他的心事，

"天空下雨了，是谁哭了"……

"是谁哭了呢？"

每天，老师都要批阅孩子们交来的日记，日记里有他们的小秘密。这些小秘密，爸爸妈妈都不能看，老师可以。老师被孩子们的信任感动着，坚守着他们的秘密。

看到琪琪的这句话，老师的心，好像也下了雨，湿漉漉的。

放学的时候，来接琪琪的是一个女生，和琪琪长得很像，她说自己是琪琪的妈妈。

老师问："怎么没看见婆婆呢？"

"哦，老师，婆婆走了！"琪琪妈妈说这话的时候，有些哀伤。老师这才明白过来……

第二天早晨，老师带同学们到学校花坛里，看桂花。

从春走到夏，从夏走到秋，歇了两季没开的桂花，似乎开得更艳，花香满园。

深秋的阳光，已经不浓烈了，柔柔地洒在桂花树上。蜜蜂还在嗡嗡飞，蝴蝶也没有走。

桂树下，掉下了好几朵桂花。老师捡起一朵，放在琪琪手里，笑盈盈地说："听听，是谁在悄悄说话？"

琪琪愣了一下，随即，眼睛里泛起了晶莹的泪花……

（四）

秋天还没结束，冬天就来了。

一夜醒来，人们穿起了棉衣。

老师站在教室窗户下，看着花坛里的桂花，它们还在开！

想起前几天，一个姐姐对她说："假如没有遇见你，不知这不安分的心，该放哪里？"

很久没有看见姐姐了！那天，她突然回来，出现在老师面前……

缘聚缘散，想着那么牵挂的人，走着走着，就散了！老师百感交集，眼睛里，有了淡淡的烟！

孩子们见了，围拢来，也看着窗外，自言自语：

"天空，下雨了！"

"是有人想你，哭了……"

02

三三

（一）

半边山，在镇山村，只有半边，远远看，高耸入云。

传说，赶水神赶水。到了镇山村，被一座大山挡住了去路。赶水神很生气，挥动手里的神鞭，一抽，就把这座山劈成了两半，一半飞到云南去了，一半留在了镇山村。

半边山下，有一条河，叫镇山河，河水清凉凉的。夏天的时候，有许多男孩子在河里跳澡。这些男孩子，就住在镇山村。

镇山村是一个屯堡布依山寨。寨子古老，建于明代，房子、村道全用青石板铺成，三合院结构，没有围墙，只留村口一石砌大门供出入。村子里住着两百多户人家，多是布依族，少部分是苗族。三三家就在这里。

（二）

三三，是个小男孩，布依族。父母亲都是生意人，长年在外，三三一直跟着奶奶生活。

三三生下来的时候，又黑又瘦又小，大家都叫他小三三。后来，三三的母亲忌讳这个名字像"小三"，不准人家叫，谁叫就与谁翻脸，因此，大家去掉了前面的小，叫他三三。

三三，很爱跳澡！

跳澡，就是站在高高的半边山上，往镇山河里跳。不过，跳下河以后，还要在水里憋气，谁憋的时间长，谁就厉害。

父母亲不在家时，三三最爱到河边去跳澡。春夏秋冬，天黑了，如果不见他，奶奶爬上楼梯，站在房顶，对着镇山河，一阵喊"三三……"

夕阳照着的河面，就会钻出一个水淋淋的头，张着大嘴，冲着寨子回应："奶奶，晓得了！"

三三，在镇山村跳澡出了名，寨子里的男孩子，没有谁跳得赢他。男孩子们都不服气，就联合起来，想跳赢他。

那是初冬的一个早晨。稻谷刚刚打完，田里堆起一个个草垛，打了一层洁白的霜。白鹭鸟在田间迈着长腿走来走去，悠闲地觅食。

今天是周末，男孩子们昨天就约定，如果稻田里结了盐，三三还敢到河里跳澡，他们就认三三为老大。男孩子们说的盐，就是田里打的霜。

初冬季节，打霜的早晨，河里的水是冰冷刺骨的，镇山村的大人是不准小孩子下河跳澡的，怕有危险。

三三不信邪："跳就跳，谁怕谁，说话得算数！"

"算数！"二狗是男孩子中个子最大的，跳澡憋气，时间可达一分钟，就是秋天也可以憋二三十秒，力气又大，村里男孩子都听他的。

可是，三三却不屑，说："二三十秒，有啥稀奇！我可以憋五六十秒，超过你！"

"嘿，吹牛不犯死罪！"刘东一向维护二狗，说，"结盐的早晨，你敢跳不？"

"当然敢，让你见识见识！"初冬季节，早晚还是冷的。可三三怕热，人家都穿长衣长裤，他却穿着短裤，透过胳肢窝就能看到他圆圆的肚皮。

"走！"二狗一声命令，一群男孩子爬上了半边山。

说实话，半边山确实高，恐高的人，站在上面一定会头晕。但是，对于镇山村的男孩子来说，没有这些问题。他们跳澡的时候，可以把脚后跟贴着山边边，眼睛都不眨，"扑通"一声跳下去。

三三已经在山边边站好了，说了一声："你们看着，我开始跳了！"

山村的早晨比较宁静，只听"扑"的一声，三三不见了人影。大家勾着脚，探头往下看，看见河里冒起一朵水花，一会儿就散去。二狗在心里默念：一、二、三、四、五、六、七……五十秒已经过去，还不见三三人影，六十秒过去，还没动静……

"拐了!"刘东大叫一声,"三三是不是淹死了?快叫大人!"

"什么?淹死了!闯祸了!"二狗打了一个冷噤。

"快来人啊,三三跳澡淹死啦!"一群男孩在半边山顶惊喳喳地喊。

"啥?三三跳澡淹死了!"

"快,快,大家放下手里的活儿,划船,下河救人!"村长摇响了村里的铜铃,一边跑一边喊人。

"……"

镇山村炸锅了!狗吓得躲到墙角,鸡惊得飞上房顶。

"三三,我的孙儿啦!"奶奶知道了,捶胸顿足,"你有个三长两短,我咋向你爹妈交代呀?"

村长夫人扶着奶奶,安慰着:"奶奶,放心,大家都在找,三三不会有事的!"

"哎呀,我的天啦!"奶奶泣不成声。

镇山河里,渔船一条条,人们拿着渔网捞……

日落西山,红霞洒满了坡。天就要黑了,还没有捞着,村长说:"大家回去吧,留几个人在这里看着!"

"三三,我的孙儿啦!"奶奶已经哭得没有力气了,村长夫人扶她回家等。

"'三三'!咦,是奶奶在喊我!"三三躺在半边山对面的舟山上睡着了,迷迷糊糊听到奶奶在喊三三。他一骨碌从地上爬起来,大声答应着:"奶奶,晓得了!"

"村长,听!是三三,舟山上!"二狗说。

"三三,三三……"村民们大声喊。

"二狗,我下来了,你说话要算数!"三三钻出荆棘丛,看见河上那么多船，那么多人，村长也在，很纳闷，就问，"大伯，今天捕鱼吗？"

"捕你个头！"村长气得一拍三三脑门，"跑舟山上干吗？"

"大伯，干吗拍我呀？"村长是三三父亲的哥哥，三三管他叫大伯，"我到舟山给奶奶摘红子萌！"三三说的红子萌，是山上的一种野果子，红彤彤的像山楂果，奶奶很喜欢吃，这东西只有舟山上有。

"摘，又不说一声……"村长气还没消，一边说，一边拍三三的头，"害得大家以为你落水淹死了，来捞你！"

"二狗！你啥意思？跳不赢，就想咒我！"三三气得冲二狗嚷起来。

"我没有！"

"没有？"

"三三，我们站在半边山上，见你半天不起来，大家急了，怕你出事，才叫人救的！"刘东急忙辩解。

"好了好了，赶快回家，奶奶还在家里等你呢！"村长揪着三三耳朵说。

"哎哟哎哟，晓得了！"三三扛起红子萌，准备走，瞥了一眼村长旁边的二狗和刘东，重重说了一句，"记得，说话算数！"

"晓得！"二狗看了一眼刘东，皱了皱眉。

（三）

过年，三三的父母亲从外地回来了。

一进门，父亲就大吼一声："三三，你给我跪下！"

"我犯啥子错误了，为啥要跪？"

"还顶嘴！"父亲气得手背青筋暴起，抓过桌子边一根藤条，向三三抽过去。

"哎哟！"三三大叫。

奶奶正在厨房和三三的母亲一起烧火做菜，听到孙儿的叫声，赶紧出来："咋啦？"

"娘，你不要管！这小子无法无天，竟敢冬天到半边山跳澡，害得全村人找，今天不给他点教训，他记不住！"

"不是没出事吗，打什么打？"奶奶拉过三三，让他躲在她的后面。

"娘，你就惯着，你会后悔的！"

"从小到大，我也没打过你，你还不是好好的！"奶奶气呼呼地训着儿子。

父亲不说话了，把藤条扔在地上。奶奶对三三说："孙儿，把藤条拿去搁起！"

"哦！"三三顺从地走过去，从地上捡起藤条。路过父亲身边，父亲气呼呼对他抬起手，嘴里发出一声"咦……"，但终究没有打下去……

（四）

过完年，父母亲又出去了。三三也读中学了。中学就在镇上，三三每天都可以回家。

早上，奶奶五点钟就起床，给三三做饭，除了早餐，还要给三三装一个中午吃的盒饭。

晚上，三三做作业的时候，奶奶就戴着老花镜，坐在旁边，拿出针线篮子，给三三缝衣服。看着灯光下头发斑白、脊背佝偻的奶奶，三三鼻子酸酸的。

爷爷过世得早，奶奶一个人把父亲和大伯拉扯长大，娶了媳妇，有了孙子，奶奶很满意。大伯当了村长，另外有了家。奶奶和父母亲，还有三三住在一起。父母亲长年在外，三三的饮食起居都是奶奶照顾的。

如今，奶奶老了，脸上布满了皱纹，那双日日劳动的手，已经没有了肉，只有一层皮子包着骨头，青筋凸起，粗糙得像锯条。冬天的时候，常裂开口子，有时还流血。

三三看在眼里，疼在心里。一到农忙的时候，三三就给老师撒谎，说奶奶病了，没人照顾，他要送奶奶上医院。

他回来帮奶奶做农活，不去上学，奶奶问："三三，怎么不读书啊？"

"奶奶，学校放假，一星期才返校！"三三对奶奶撒了谎。奶奶是个淳朴的人，对孙子说的话从不怀疑。

（五）

转眼，初三毕业了。三三考起了高中，高中在城里。

拿到通知书那天，三三没给奶奶说。

晚上吃饭的时候，奶奶说："三三，二狗考起城里的高中了！"

"是吗？奶奶，对不起，我没有考起！"说完，三三低下了头，他不敢看奶奶的眼睛，因为，他又对奶奶撒谎了。他不想到城里读书，如果他走了，奶奶就一个人了，谁来照顾？

看着三三难过的样子，奶奶没说什么，默默为三三夹了一块排骨。

第二天，天亮的时候，父母亲回来了。

父亲一进门，就喊："娘，三三考起高中了，要去城里读书了！"

"啊？三三不是说没考起吗？"奶奶看着三三。

"娘，三三是怕他走后没人陪你！"三三的母亲说。

"敢情，我拖累我家三三了？"奶奶眼里闪着泪花。

"奶奶，没有啦，是我不想读。"三三连忙解释。

奶奶没再说什么，拿着镰刀，背着背篓上了山。

"娘，放心，一会儿我带三三去报名！"父亲对老人说。

"奶奶，晓得了，我要读的！"三三大声对奶奶说，泪如泉涌……

（六）

三年过去，三三考起大学了，是省里的重点大学，这所大学离家很近，周末可以回家的。

奶奶快八十岁了！

镇山村成了旅游村。丰厚的屯堡文化，山清水秀的自然美景，吸引了成千上万的游人。

三三对奶奶说："奶奶，大学毕业以后，我回镇山村！"

"回来干什么？"

"奶奶，我想办一个养老公寓！"

"养老公寓？"

"对！就是专供老年人居住的住宅，有餐饮、清洁卫生、文化娱乐、医疗保健服务，老年人住在这里，有人专门照顾。"

三三说的这些，奶奶不懂，但她相信，孙子要做的事情，肯定是对的！于是，奶奶笑着说："好啊，三三，奶奶支持你。以后，奶奶这栋房子，你用。"

（七）

四年以后，三三大学毕业了。

奶奶生病去世了，三三决定回到镇山村。安葬完奶奶的那天晚上，三三给父亲说了自己的打算。

"不行，你不能回来，必须留在城里！"父亲大声说。

"我对奶奶说过要回来的！"

"奶奶都不在了，回来干什么？"父亲越说越气，"再说你的那个养老公寓，专门负责看管老年人，那多麻烦，多累！"

"还有，我听说，三三要办的这个养老公寓，有一半是公益性的！"母亲在旁边补充着。

"啥？公益性的，你是想让你家爹破产啊，我绝对不支持！"父亲气得眼睛都红了。

"我要你们支持了吗？"三三气呼呼地说，"我贷款，自主创业！"

"哼，贷款！房子咋办？"

"奶奶说，我可用她的这栋房子！"

"不行！我是第一继承人！"

三三没想到，父亲这般绝情。他含泪站起身，打开门，走了出去……

"走，走得远远的，走了就别回来！"身后传来父亲怒吼的声音。

沿着村子的石板路，三三来到了半边山。摸着黑，他爬上了山顶。在山顶的平台上，坐了下来。快八月十五了，天上的月亮似圆非圆，云层有点厚，偶尔挡住了月亮。镇山河很安静，河里的鱼也睡了，没有一点声音。想起小时候和伙伴们在这里跳澡，到舟山上给奶奶摘红子萌的情景，三三嘴角勾起一丝微笑。

坐了一会儿，三三脱了外衣，放在平台上。站起身，走到山边边，深吸一口气，"扑通"一声跳进河里。夜里，河水冒起的水花看不见，不久，河水就变得安安静静的了。

村子里，偶尔，传来狗叫的声音……

(八)

清晨，鸡叫了，镇山村旅游的客人也来了，村长正忙着接待。

"哥!"三三的父亲天一亮就来到村长家，告诉村长三三昨晚出去，到现在还没有回来。

"啥?"村长把三三的父亲拉到门外，避开客人。

"三三昨晚出去还没回来，会不会出事?"

"你，又骂他了，对不对? 赶紧找啊，不过不要声张，以免引起恐慌!"村长叮嘱着三三的父亲。

"孩儿他爹……"正在这时，三三的母亲眼泪汪汪，提着一件衣服进来，这件衣服就是三三昨晚放在半边山顶平台上的。

"嘘……"村长把右手食指放在嘴唇上，嘘了一声，示意三三母亲别惊扰了客人。然后，摆摆手，让三三爹娘回去。

"咳咳……"三三父亲一口痰堵在胸口，大咳一声，竟吐出了一口鲜血。

"孩儿他爹……"三三母亲特别伤心，可是不敢高声言语。她知道，镇山村是文明旅游示范村，村规民约规定，村民禁止吵架打骂，做有损镇山村旅游形象的事情。今天丈夫做的这个事，导致儿子跳河寻短，是极其不文明的。再说，半边山高台跳澡是镇山村的招牌旅游项目，如果让人知道，有人从半边山跳河自尽，那影响是极其不好的，镇山村会因此失去游客。

想到这些，三三母亲赶紧掏出手帕，悄悄给丈夫擦干血迹，默默扶着他回去。

刚到门口，三三母亲就看见社区张医生和村长夫人，已经站在她家门口了。

张医生走过来，和三三母亲一起把三三父亲扶进屋里，说："村长派我来给大哥看一下，身体有什么问题?"张医生从医药箱里拿出听诊器，给三三父亲看病。一会儿，张医生说："嫂子，不打紧，大哥只是急火攻心，我开几剂药，给他服用，过几天就没事了。"

"谢谢张医生!"

等张医生走后，村长夫人才语重心长地说："老二，你家哥已经悄悄派人到镇山河去打捞了，就看结果怎样? 不是我说你们，一天到晚把钱看得比孩子的命还重要! 孩子要做的，是积德行善的事情，奶奶生前都支持，你们为啥不同意呢? 好了，现在，假如孩子没有了，你拿钱来干什么呢?"

"咳咳……"大嫂的一顿教训，三三父亲无地自容，难过得一句话也说不出来。

"好了，好好休养，你家哥说了，无论什么情况都不许声张，等你的病好了，出去还是留在镇山村，随你们。若有人问起，就说三三出去工作了。"说完，村长夫人走了出去。

三三母亲守着父亲，一把眼泪一把鼻涕，可又有什么用呢?

第二天，没有三三消息!

第三天，也没有三三消息!

一星期以后，三三父亲和母亲，锁上门，又外出了……

（九）

一年以后，镇山村因为得天独厚的自然环境，村里决定建养老公寓，进行公开招标。

一个名叫"三三养老股份有限公司"的招标者引起村长极大的兴趣。

这个公司理念先进，对镇山村丰厚的人文底蕴很了解，而且特别关注养老事业的公益性，经村委会研究决定，这家公司中标！

剪彩那天，镇山村广场人山人海，村民全都来了，人们都在想，这家公司的董事长会是谁呢？

九时整，一辆法拉利驶进镇山村大门，在广场东北角停下。车门开了，从里面走出一位翩翩小伙，村长一看——

我的天，这不是三三吗？

看到村长，三三跨步上前，紧紧握住村长的手，说："大伯，我去给奶奶摘红子萌了！"

"我拍……"

"噢哟，为啥又拍我？"

…………

"啪啪啪……"剪彩仪式正式开始，鞭炮响起来，镇山村"三三养老股份有限公司"挂牌成立！

（十）

村长拨通了手机："喂，老二啦，还不回来，镇山村有三三养老公寓了！"

"真的？"

"是的！董事长——三三！"

03

黄丽和黄鹂鸟的约定

（一）

黄鹂，和黄丽，是邻居。

黄丽长在窗台上。黄鹂生活在院子里。

黄丽，是一盆多肉植物，来自彩云之南。

提起彩云之南，黄丽很感慨。那是一个寒冷的冬天，它和其他姐妹们，一起生活在熊猫多肉店的大棚里，挤挤挨挨的。大棚上面，有一张大塑料布罩着，看不见外面的天空。天空是什么样子的呢？黄丽很想知道。

可是，黄丽生活在大棚里，是不可能知道的。

为了让多肉们出色，好看，有卖相，老板不怕浪费电，一天到晚，二十四小时开着白炽灯，烤死人，可老板说那是植物补光灯。

自从来到熊猫多肉店，黄丽就没有睡过觉，它细细的，有点瘦长，没卖相。多肉植物是讲究卖相的，叶子要肥厚，叶片之间，一定要长得一层摞一层，严严实实，就像魔法师、雪莲、乌木……长得好看，相继出了色，它们美丽的容颜，受到了肉友的青睐，于是带着它们先后离开了大棚……

"我什么时候，才能离开大棚呢?"黄丽想，"哎哟!"黄丽感觉胳膊痛了一下，叫出了声。原来，是老板走了过来，掐住了它徒长的秆。

老板是个男生，四十多岁，长得肉墩墩的，外号"熊猫"，多肉店就随了他的名。其实，他哪能和国宝熊猫相提并论呢? 无非肉长得多，变了形。不过，多肉店里的多肉植物像他，一个个长得肉唧唧的，很讨人喜欢。因此，他的熊猫店生意红火。每天人来人往，羡慕死了旁边的店家。

天快要黑了，突然，进来一群游客。男的女的，一大堆，叽叽喳喳的——

"哇，好多多肉啊!"

"这是什么?"

"魔法师!"

"天哪，好漂亮啊!"

"你很有眼光! 已经卖了三盆，这是最后一盆了。"

"好多钱，老板。"一个男人问。

"六千!"

"多少?"

"六千!"

"没得少?"

"没有!"

黄丽一看那个问价的,脖子上戴着一根大链子,有指头那么粗,黄丽知道,那是金项链。戴这种链子的,一般都是土豪,舍得花钱买贵的。果然,就听男人说:"老板,给我包起来,用顺丰快递寄。"

"好好好,这就给你包!"老板一听,兴奋得声音都打战起来,大主顾啊!顺手把黄丽扔在角落里。

"哎哟!"黄丽在地上翻了几个滚,躺在了一双红皮鞋面前。黄丽抬头一看,这是一个穿着碎花花裙子的女孩,披着长长的头发,甜甜的笑容,温柔的眼睛。她看见了黄丽,弯下身,把它拾起:"老板,你的多肉掉了!"

"哦,那个黄丽长徒了,不要了,一会儿拿去丢!"老板正忙着打包魔法师,甩过来几句话。

"丢,可惜了!"女孩怜惜地看着黄丽。

"舍不得?送给你!"老板大声说。

"那怎么行?我要买的。"

"你选其他的!"

"我就要这棵!"

"嘿!固执,不要说我坑你,两块钱。"老板摇摇头,从女孩手里接过钱,丢在桌子上,吩咐伙计拿一个盒子把黄丽包起,因为女孩要自己带走。

"啊,这是真的吗?"黄丽不敢相信眼前的事实,女孩让它有了身价,它就要离开大棚了。

于是,在那个冬天,黄丽来到了女孩家。

（二）

女孩家住在六楼，她家的阳台上种满了花草：兰花、月季花、栀子花……一年四季，花开不断，到处香喷喷的。

最让黄丽高兴的是，它看到了天空是那么高，那么蓝。女孩在阳台上养了好多多肉，它用眼一瞄，足有一百多盆：圆溜溜的桃蛋，叶子中间有方孔的钱串，还有冰清玉洁的雪莲……

女孩把黄丽养在一个古朴的大地色花盆里，说，这个颜色和黄丽很配，并且，紧挨着雪莲和桃蛋。在大棚的时候，黄丽就很喜欢雪莲和桃蛋，觉得它们又低调，又高贵，又可爱。现在，女孩把它和雪莲、桃蛋放在一起，黄丽觉得女孩善解人意，是自己的知己，它很喜欢女孩。

女孩爱读书弹琴，吟诗作对。

有一天，黄丽听见女孩在读一首诗："两个黄鹂鸣翠柳。""黄鹂"？黄鹂是谁，是我吗？我在柳树上叫吗？我不会叫呀！黄丽满腹疑惑。

第二天是周末，女孩不上班，休息。

她站在窗下，抬头望着窗外，院子里静悄悄的，那棵高大的柳树，叶子也掉了，光秃秃的。

"唉，冬天没吃的，黄鹂鸟都飞走了，听不见它们婉转的歌声了。"黄丽听见女孩叹了一口气。冬天，树木萧条，空气冷飕飕的，让女孩有些孤寂。

女孩喜欢"黄鹂"！黄鹂是鸟，生活在院子里，会唱歌。黄丽很想认识这只会唱歌的黄鹂鸟。

（三）

春雨沙沙，春天悄悄地来了。

柳树发了芽，玉兰树开了花，花园里的三叶草也长出来了。春风轻轻地吹着，阳光温暖地照着，春天多么美好啊！

黄丽看见，女孩站在窗户下，看着院子里的大柳树，轻轻地吟唱着："两个黄鹂鸣翠柳，一行白鹭上青天。"啊！又是黄鹂鸟。

顺着女孩眼睛的方向，黄丽仔细一看，柳树上有两只黄鹂鸟，跳来跳去，喳喳叫着，在歌唱春天。它们的歌声多好听啊！女孩听得笑眯眯的。

黄丽心想：黄鹂鸟能飞过来，和我做朋友吗？

"呷呷……叽叽……叽叽……"啊！一只黄鹂鸟飞过来了，它站在了窗台上，嘴巴啄啄窗条，看看窗玻璃，看看阳台上的小多肉，尾巴上下摆动着，很快乐的样子。

黄丽也很高兴，黄鹂鸟就站在它的旁边，是那样美丽。黄丽还看见，女孩拿出了相机，"咔嚓咔嚓"，把黄丽和黄鹂鸟定格在了画里。

多美的画呀！黄鹂和黄丽同了框。女孩第一次发现，黄丽和黄鹂的名字几乎一样，它俩在一起相得益彰！女孩给它们取了一个名字"两个小朋友"，哈哈哈，好可爱的名字。女孩开心地笑了，黄丽也笑了。

（四）

秋天来了！柳树的叶子开始变黄，秋风吹来，叶子片片飘落。女孩说，秋风萧瑟，冬天就要来了。

啊！冬天来了，那黄鹂鸟不是要走了吗？黄丽开始担心。

一天早晨，黄丽刚刚醒来，看见黄鹂鸟站在窗条上，它们已经很熟悉了。

这时的黄丽变了模样！秋天，是多肉植物最美的季节。桃蛋鼓着粉红的脸蛋，钱串长得密匝匝的，每一个叶片边缘都镶上了红边。黄丽的叶子也黄晶晶的，有些透明，还散发着淡淡的芳香。

黄鹂鸟看了黄丽一眼，呷呷叫着，似乎在说："好美，好香!"

（五）

呼呼呼……

冬天来了，一夜之间，北风吹来，天上飘起了鹅毛大雪，树上，地上，房子上，到处银装素裹，盖得厚厚的。

女孩怕冷，窗户关得严严实实的，屋里生起了炉子。炉子就在窗户边，散出的温度传给了阳台上的多肉，所以，冬天，女孩家的多肉也不冷！

黄鹂鸟不知为什么，没有走。它飞过来，站在窗条上。北风凛冽地吹，黄鹂鸟饥寒交迫，瑟瑟发抖。

一会儿，黄鹂鸟对着黄丽"呷呷"地叫，不知它们在说什么。

第一天是这样，第二天也是这样。第三天，黄鹂鸟没有来了。它，怎么样了呢？女孩担心起来，黄丽也很担心。

第四天的时候，黄鹂鸟来了，它带来了一只鸟，这只鸟也叫黄鹂，那是它的妻子。

啊，黄鹂鸟找到伴侣了，真为它高兴！可是，黄鹂鸟的妻子没吃的，它就要饿死了。黄鹂鸟很难过，它对着多肉黄丽伤心地诉说着。

看着这一切，女孩用一个盘子装上米，放在阳台上，希望黄鹂鸟能充饥。可是，黄鹂鸟是吃虫和嫩菜叶的，不吃米。这么冷的天，到哪里找虫子和菜叶呢？它们会不会死呢？女孩很伤心。

多肉黄丽看在眼里，急在心里。它希望自己能为黄鹂鸟做点什么，这样女孩就不伤心了。

（六）

"呷呷呷……"

早晨，女孩一起床，就听到阳台上传来黄鹂鸟欢快的叫声！

她探头一看，两只黄鹂鸟正站在窗户上，唱着歌。多好听的歌啊，女孩笑了，哦，黄鹂鸟不会死了。"两个黄鹂鸣翠柳，一行白鹭上青天"，女孩情不自禁地吟起了诗。

女孩坐在书房里，每时每刻，一抬头就可以看见黄鹂鸟快乐的身影，一竖起耳朵，就能听到黄鹂鸟婉转的歌声。啊，这个冬天真好啊！女孩露出了幸福的微笑。

有一天，太阳出来了，女孩想起好久没给多肉浇水了。

她拿起浇花壶，来到阳台上。突然发现多肉黄丽成光秆秆了，只剩下几片叶子了！这是怎么了，是被冻掉了吗？

女孩检查着花盆，没有掉叶啊，奇怪！

这时，两只黄鹂鸟飞来了。它们跳到花盆里，啄着黄丽的叶子，吃得津津有味，一边吃一边说着什么。

啊，原来，这个冬季，多肉黄丽把自己奉献给了黄鹂鸟！

女孩一阵感动，她怎么知道，黄丽与黄鹂，曾经有一个约定呢。

（七）

冬天过去了，春天又来了！

黄鹂鸟有了宝宝，它们在院子里喳喳地唱歌！

多肉黄丽，也长出了新芽……

女孩看着窗外，吟唱："两个黄鹂鸣翠柳，一行白鹭上青天……"

04

那缕炊烟

"老师，这次社会实践活动去哪里啊?"学生很关心这个问题。

"不清楚呢，等学校通知!"子安老师回答。

"问啥哦! 我猜又是在学校，搞消防地震逃生演练。"寰寰说。

"唉，我们从一年级开始，每年搞一次，全在学校，都很熟悉了，为什么不出去搞一下春游秋游呢?"东东摇摇头，叹了一声气。

"安全!"琦琦说，"我爸爸是警察，说现在出去包车必须经过审核，手续麻烦，责任大，怕有安全隐患!"

"想出去，还是等周末放假，叫爸爸妈妈带你去吧!"婉婉调侃道。

听到孩子们的议论，子安老师作了正面引导："安全第一，生命至上。没有了生命，其他都不用谈了!"

"就是就是，懂得这些道理是很有必要的!"班长接了老师的话。

孩子们都不说话了，的确是这样啊! 生命没有了，还有什么可谈的呢？

　　看着孩子们颓然的样子，子安老师的思绪飞出了很远很远……

（一）

　　那是十八岁的时候，刚从师范学校毕业的子安，被分到了市里的中心学校。

　　教育局长觉得她是个苗子，决定派她到薄弱学校去锻炼锻炼。这个学校名叫云凹小学，是一个少数民族学校，完小，一层平房，一间办公室，一个旱厕，六个教室，六个年级六个班，六个老师，其中一个校长，一个教务兼财务，师生一共一百六十人。

　　校长是一位男老师，五十多岁，胖胖的，笑容可掬，爱穿蓝色衣服，衣服都洗得发白了，很朴实的样子。教务也是男老师，三十多岁，据说曾经当过兵。他们都属苗族。还有一位男老师也属苗族，另外有两个汉族代课女老师，都是三十多岁年龄了。

　　到学校报道的第三天，校长和教务找子安谈了话，叫子安上三年级，包班，兼上全校的音乐课。单纯的子安迷糊了，问校长："什么是包班？"

　　"哦，包班啊，你看到了，我们学校师资有限，包班就是一人承包一个班，语文数学，音体美，都要上。你上过师范，会识谱弹琴，所以，就辛苦你上一下全校音乐课了！"

听了校长的话，子安感觉头皮有点发麻，暗想：语文数学，音体美，全校音乐，这意思是我一天都在上课，连同早晚来回两个小时赶公交车，就没有多少休息时间了！

但是，子安没有说什么，因为她知道，学校就她最年轻，又是正规学校毕业的，加上局长的信任，所以，她用力抿抿嘴唇，笑着对校长说："好的，校长，没问题。"

"哦，子安老师，要给你介绍一下三年级的情况。"校长端起桌上的茶杯，揭开盖子，吹了吹飘在水面的茶叶，喝了一口茶，"三年级是我们学校人数最多的，有三十个学生，十个女生，二十个男生。其中，有个孩子有智障问题。"

"智障？"子安不太明白。

"就是智力有点问题，学习吃力。不过，你放心，有检查证明，不算成绩的。"

"不算成绩？"子安听得有点迷糊。

校长很有耐心，给子安介绍："我们镇里，期末语数课都要进行统考，实行末位淘汰。如果没有达到镇里要求的平均成绩，就要扣奖金，你的奖金就奖励给考得好的班级老师！你自己也要被分流到更边远的学校任教，如果连续三次全镇倒数第一，就要待岗培训。"

校长说的这些，子安听得一愣一愣的："待岗？"

"就是暂时不安排工作，进行学习培训。只发基本工资，培训合格，再上岗！"

"啊，压力好大啊！"子安不禁说道。

"还好，这个智障孩子的成绩不列入统考成绩，倒不影响什么。"

"校长，我想问一下，三年级成绩怎样？"

"实话跟你说，这个班，上学期，语数成绩都是全镇倒数第一。考虑到你文化底子好，又从城里来的，见多识广，办公会认为，你能提高这个班成绩。"

"啊！"子安顿觉五雷轰顶，心里叫苦不迭，"语数双科倒数第一，我来提高成绩，我行吗？"

"子安，希望你不要辜负大家对你的信任！"校长语重心长地说完这番话，看了子安一眼，不等她回答，就把三年级的书本交给子安，然后走了出去。

子安愣在办公室里，上课铃打响了，她才匆匆抱起书本，向三年级教室走去……

（二）

三年级教室，在办公室的隔壁。

子安出现在教室门口，三十双眼睛齐刷刷看向了她。孩子们双手规规矩矩地放在桌子上，坐得端端正正。

子安走上讲台，心情无比激动。她把书放在讲桌上，微笑着，温柔地看着孩子们，郑重地说出了三尺讲台上的第一句话："上课，同学好！"

"起立！"一个女孩清脆的声音响起，三十个孩子迅速站起，对着子安深鞠一躬，异口同声地说，"老师好！"

"请坐！"子安双手示意，孩子们坐了下去，背挺得直直的，双手依然放在桌子上，三十双满怀期待的眼睛，目不转睛地看着老师。顿时，子安的心里涌起一阵暖意。

想起自己小时候第一次见老师的情景，老师那含着笑意的眼神，至今还浮现在子安的脑海里。

那时，子安的心里就有了一个梦想，长大了要当老师。

天遂人意，子安以优异的成绩考入师范学校，儿时的梦想成为现实。如今，她站上了三尺讲台，看着面前这一双双渴望知识的眼睛，子安感到了肩上的责任。突然，子安发现最后一排角落里，有一个小男孩的眼睛特别亮，他一直笑眯眯地看着子安。

子安心一动，笑着请他站起来，问他叫什么名字？

小男孩扭扭捏捏站起来，手搓着手，满脸笑意，就是不说话。

这时，喊起立的女孩站了起来，她是班长，说："老师，他是不会说话的，他每次考试都是零分。"

子安笑了："哦，你是明清啊，我知道你，校长说你的眼睛很明亮，很喜欢老师。"

孩子们一听老师这样讲，皱起了眉头，互相看了看，一脸疑惑："校长，真这么说过？"

"嘿！大家别不相信。来，明清，到老师这儿来，让大家看看。"子安向明清招手，示意他到讲台上来。

读了三年的书了，明清从来没有上过讲台。每次看到老师请同学上讲台读书、写作业、领奖状，明清总是用明亮的眼睛羡慕地看着同学们，心想：要是我也能上讲台该多好啊！

可是，没有人叫他上去，因为他说不清楚话。

明清的爸爸喜欢儿子，可是妈妈生的四个孩子都是女儿。明清爸爸发誓，不生到儿子绝不罢休。

终于，明清妈妈四十八岁的时候怀上了明清，生他的时候，难产受到挤压，明清三岁了才会叫妈妈。七岁读书的时候，一个字都不会写，说不完整一句话，只会傻笑，大家都说他是憨的。明清爸爸也很后悔，不应该执意要生男孩，这下倒霉了！

一开始，爸爸不想让明清读书，说傻子，读书也无用。可是，学校上门招生，向他说九年义务教育，不让孩子读书是犯法的，爸爸才同意送明清上学。

在学校里，明清没有朋友。下课的时候，他只会坐在座位上自己玩自己的。有时，他也走出教室，站在走廊上，背靠着墙壁，看同学们在操场上跳皮筋，玩老鹰捉小鸡……明清的心里，其实是很渴望和同学们玩的！

现在，新老师子安来了。子安老师长得真好看！穿着花裙子，高跟鞋，长长的头发，白白的皮肤，眼睛会笑，会说话，像仙子。子安老师一走进学校大门，明清就看见了，就喜欢上了她。

"这个老师，会教我们吗?"小明清远远地躲在操场篮球架边，看着子安老师走进办公室。然后，悄悄回到教室里，坐到座位上，一直期待着……

当子安老师出现在教室门口的一刹那，明清心里可高兴了："啊，新老师是来教我们的！"

现在，子安老师说他眼睛明亮，要请他上讲台展示给同学们看，明清又兴奋又紧张，他不敢上去。

"来，明清，勇敢一点，不然，同学们会说老师撒谎！"子安老师微笑着，眼里全是笑意。

"撒谎!"明清知道，撒谎不是好孩子，他不能让同学们说老师撒谎。

于是，他站了起来，向讲台走去。

"啪啪啪"，子安老师带头鼓起了掌，同学们也跟着鼓掌，教室里响起了雷鸣般的掌声。三年来，明清第一次得到掌声，眼里闪着泪花。他站在子安老师的身旁，紧挨着她。

子安老师用手轻轻抚摸着明清的头，对同学们说："大家看，明清的眼睛又大又明亮，多好看啊!"同学们第一次看见明清上讲台，第一次看见他的眼里闪泪花，也被感动了，又情不自禁地为明清鼓掌。

"明清，看，我没说错吧，同学们都喜欢你呢!"顿了顿，子安老师说，"为了你的勇敢，老师要奖励你一个礼物!"

"哇，礼物啊!"教室里发出了惊叹、羡慕的声音。听到这些声音，明清的小脸上露出了骄傲的表情。

子安老师不慌不忙地打开讲义包，从里面拿出一个盒子，盒子里装满了小红花。这些小红花，是子安来之前，花了整整两天时间，亲手做的，双层花瓣，中间嵌有黄色花蕊，贴在墙上，就像桃花真的开了一样。

子安老师从盒子里取出一朵，拉起明清的小手，放到他手心里。

"嘿，嘿嘿……"明清笑了，真的笑了，露出了洁白的牙齿，眼睛也成了豌豆角!

"来，明清，把红花贴到荣誉栏里去!"这个荣誉栏，是子安昨天提前来和学校老师们一起布置的。当时，子安还不知道自己要教哪个年级。

明清笑容满面，喜气洋洋地把红花贴到了自己的名字旁边。然后，对老师鞠了一躬，昂首挺胸地回到了自己的座位。

（三）

此后的每一天，子安都在思考着如何提高教学质量，校长的话时时在她的耳边回响："希望你不要辜负大家对你的信任！"

早上，东方还没有露出晨曦，子安已经站立在车站旁。这是离市区很远的一个小镇车站，子安借住在小镇的姨妈家里。从小镇到学校，都是弯弯曲曲的盘山公路，开车差不多一小时。每天，子安第一个到车站，站上的列车员都认识子安了，都把前排靠窗的座位给她留着。

坐在车上，风透过窗户吹进来，里面裹着泥土的气息、树叶的气息，有时，还有牛粪的气息。开始的时候，子安觉得很难闻，时间长了，子安觉得很好闻，这也许就是人们说的空气"清新"吧！

慢慢地，子安学会了在车上完成备课工作。那时，通信还不够发达，BB机才刚刚流行。小镇里，除了姨爹，子安就没见过几人别BB机，电脑是没有的。子安的备课，就是一本教科书，教学参考书也是没有的。

子安的包包里装着一块长方形的小木板，备课的时候，用来垫在下面，写字就不滑来滑去了。车到站，子安的课也备完了！

晚上回到家，就看书，做笔记，充实自己。

子安一直牵挂着明清，想让他的成绩突破零。再三考虑，子安决定，每天让明清认一个字，会写一个词，会说一句完整的话，会做一道数学题。

早读的时候，讲台上站着的一定是明清。

"5+8 等于多少啊?"今早，子安出的是进位加法题，她在黑板上写完题目，对明清招招手，示意他上来。

明清大胆走上来，他已经不是第一次上讲台了。他看了看题目，忽闪着明亮的眼睛，说："不会!"

"哪位同学会做呀? 来帮帮明清!"子安看了一眼同学们。

班长举起手，说："老师，我会!"她大声地给明清解释……

明清的眼睛亮了：5+8，用凑十法算简单，先把数字 5，分成 2 和 3，2+8 = 10，10+3 = 13，哦，是这样的，他听懂了!

"那，9+7，你会吗?"老师问，眼睛里全是鼓励的眼神。

明清歪着小脑袋，思考了一会儿，啊! 他做出来了：7 可以分成 1 和 6，9+1 = 10，10+6 = 16，明清做对了!

"啪啪啪"，三年级教室里，经常发出雷鸣般的掌声。明清会做的题越来越多，会写的字也越来越多了……

(四)

五月的阳光格外灿烂，很快就要到六一儿童节了。每个学校要出一个节目，参加镇里的六一儿童节文艺节目表演比赛。校长把这个任务交给了子安。

出一个什么节目好呢？接到任务的子安开始动起了脑筋：学校是苗族小学，节目应该体现苗族特色。对！来一个芦笙舞。子安特别兴奋，她把想法告诉了校长。校长完全支持！

接下来的日子，就是在全校选人，五个男孩子，十个女生。明清会吹芦笙，有幸被选中了！他多高兴啊，他的爸爸妈妈也很开心！

一天下午，子安收拾包包准备下班。突然，她发现办公室门口探进一个小脑袋。子安一看，这不是明清吗？

明清手里提着一个黑袋子，腼腆地走进来，"嘿嘿"笑着："老师，芫荽，大白菜！"

"啊，明清，哪来的？"

"妈妈，栽的，说，给老师！"

子安的眼泪刷地流了下来，精诚所至，金石为开，明清多爱老师啊！谁说明清是智障？那是他还没有开化！他是有智，更有情啊！

从此，子安更加关注明清，她相信，明清一定行的！

时光就在明清的声声芦笙中过去，转眼六一节到了。

那天，镇政府大会场座无虚席，各学校参赛队伍服装艳丽。

随着有节奏的芦笙音乐响起，云凹小学的芦笙舞表演开始了。十五名身着苗族节日盛装的孩子，吹着芦笙，跳着苗族舞蹈，从舞台的左右两边进入，惊艳了全场——

瞧，女孩们头上的银饰帽子，脖颈上的银项圈，叮叮当当，在灯光下闪闪发亮。男孩子吹的芦笙，声音清脆，蓬勃向上。你看明清，走在最前头，吹得最投入。一边吹，还一边跟着节奏，左右摇晃。啊，简直就是天生的舞者苗子啊！这是大山里，苗族孩子节日的欢歌，观众们看得如痴如醉……

舞罢曲终，会场一片安静，隔了好久，才响起雷鸣般的掌声！

云凹小学获得了比赛第一名！

校长热泪盈眶，从镇长手里接过奖状的时候，他的手都在发抖。这是云凹小学自建校以来第一次获得奖状，还是一等奖，校长怎能不激动呢？

回到学校的时候，村民们齐聚学校门口，唱着苗歌迎接，子安一句也听不懂。

明清的爸爸妈妈也来了，他们握着子安的手，久久不放，用生涩的汉语不停地说："谢谢！谢谢！"

村民们围着子安，说啊，唱啊，热情，隆重。子安不太适应，只是微笑着说："嗯嗯，啊啊，好好……"

（五）

转眼，期末考试了！

子安紧张，校长期待！

那时的考试也很严，都是学校交换监考，密封改卷。

考试结果出来了！三年级排名，云凹小学：语文第一名，数学第二名。啊！功夫不负有心人，从奴隶到将军，逆袭！连明清的语文数学都及格了，考了六十多分。子安哭了，两行热泪顺着脸颊流到嘴里，是咸的！

校长激动地握住子安的手，连声说："bod hfut，Jus ves yangx！"

子安愣了一下，没听懂！

校长又说："谢谢，辛苦了！"

敢情刚才校长说的苗语是这句话啊！子安脸红了，说："校长，不辛苦，希望我没有辜负您的信任！"

"子安老师，你很不错！今年，你被评为区级优秀青年教师，全镇就你一个，镇长要亲自为你颁发奖状！"

"区级！镇长？"子安觉得有点奇怪，区先进为什么不是区长颁发奖状，而是镇长颁发呢？

校长很懂子安："区里有点远，先进评下来后，都由镇里颁发奖状。"

"哦！"子安明白了，点了点头。

学期放假的头一天，全镇在政府大会场召开教师表彰大会，书记、镇长、文教办主任，全镇教师都参加。大横幅标语挂在主席台上，气氛非常热烈。

子安第一次看见这样的阵仗，有点紧张。校长告诉她："待会儿可能是书记给你颁奖，你要准备一下，发表下简单的获奖感言！"

七月的天，酷暑难耐，大风扇在头顶呜呜地吹，可是，有什么用呢？子安手心、背心、脑眉心都在冒汗，她真的不知道说什么啊！

子安如坐针毡，觉得时间过得好慢。

一会儿文教办主任讲话，一会儿镇长讲话，一会儿又是书记讲话，子安光顾着紧张了，领导具体说什么完全没记清，只听见书记说:"大家……要再接再厉,继续努力!"

最后,有节奏的音乐声响起,发奖状了!

主持人说——

首先,颁发校级先进教师……

接下来,颁发镇级先进教师……

最后,颁发区级先进教师,她是云凹小学的子安,有请镇书记为子安颁发奖状。

"啪啪,啪啪啪……"会场上响起了有节奏的掌声。子安紧张地走上台去,差点摔了一跤。

镇书记很和蔼,笑了:"慢点,小心摔跤!"然后把大红奖状双手递给子安,对大家说:"老师们,子安,从城里来我们这儿支教,做出了优异的成绩。现在我们请子安为大家说几句话。"

子安从书记手里接过大红奖状,心情特别激动。她看着书记,说:"书记,我说什么?"

书记被子安逗乐了,说:"你想说什么,就说什么!"

"bod hfut,dangx dol vut!nongx ghad yal!"子安叽里呱啦说完这几句话,对着书记一鞠躬,红着脸走下领奖台。书记没反应过来,瞪大眼睛,愣在了那儿。

文教办主任吓坏了,赶忙请校长解围。

校长站起来说:"书记好!子安特别好学,她到我们学校以后,经常跟老师和学生学习苗语。她刚才说的是'谢谢书记!大家好!吃饭了!'"

"哈哈哈!"书记一听,放声大笑,"是啊是啊!都中午了,该吃饭了!主任,是不是该散会了?"

"呵呵呵……"参会的老师都笑了,"这个子安太有趣了!"

从此，子安这几句话成了当地的"散会名言"！

（六）

九月，桂子飘香。

孩子们升四年级了，依照惯例，九月份要举行秋游活动。

上学期，学校摘掉了倒数的帽子，校长很高兴，说，今年秋游，除了爬山，增加一项内容——野炊。

这对孩子们来说，真是一个天大的喜讯！并且，秋游的地点在云凹河。

云凹河离学校有十里路，旁边有一座山，山上有许多野果子：小西红柿、红子萌、山楂果……孩子们很喜欢摘来吃。

云凹河，河水清澈，一眼可以看到底。水里，有小虾、小鱼，特别是棒斗鱼，肥唧唧的，趴在河边的浅水岩石上。孩子们在竹条上拴上线，不用鱼钩，系上蚯蚓，放下去。棒斗鱼闻到鱼饵的香味，张开大嘴一吞，孩子们迅速一提，棒斗鱼就钓上来了。野炊的时候，就有鱼肉吃了。

那是九月的一个星期五，艳阳高照，全校孩子在六位老师的带领下，带着锅碗瓢盆、油盐酱醋、萝卜白菜，浩浩荡荡向云凹河开去！

子安第一次参加这样的徒步秋游活动，特别兴奋。早上七点半钟，就到了学校。老师、学生都在校门口等她了！

远远地，明清看到了子安，大声喊："老师，老师！"

班长特别细心，拉开布袋，让子安看。原来，她已经给老师准备了筷子和碗，把子安感动得眼里湿漉漉的。

八时整，队伍出发。

一路上凉风习习，秋高气爽。乡下的天空特别干净，丝丝白云飘在蓝天里。喜鹊在洋槐树上做了窝，三五成群，"呷呷"叫着，特别高兴。

路两边的田野里，稻子金灿灿，高粱涨红了脸，玉米黄澄澄的。子安一路走，一路和孩子们聊天。

"这两边的松树林里，有没有松鼠啊？"

"有！"

"它们的尾巴又大又红，毛茸茸的吗？"

"老师，松鼠的尾巴不大，也不红，是麻灰色的，但是毛茸茸的！"

"松鼠吃什么呢？"

"吃松果！松树上有很多松果，把松果里的籽剥出来吃，剩下的壳，就可以当柴烧了。"

"老师老师，松果！"明清指着他的口袋给子安看，里面装满了松果。

子安拿起一个，用手剥。孩子们问："老师，你干什么？"

"我要学松鼠，吃松果！"

"呵呵呵，老师变松鼠了！"孩子们笑了，银铃般的笑声回荡在田野里。

松鼠听见了，"吱吱吱"跳到了松树上；喜鹊听到了，"呷呷呷"飞出了窝；枫树听到了，摇晃着树丫，叶子红了，从树上飘下来……

秋天的景色是迷人的，子安陶醉在秋天里。

柿子树上，挂满了"灯笼"；橘子园里，酸酸甜甜的；鸡爪树上，"鸡爪"成熟了……

"鸡爪好吃吗？"

"老师，您尝尝！"

"这鸡爪，咖啡色，像树皮！"子安第一次看见这种植物，它结的果子，小指头粗，一节一节，弯弯的，形状跟鸡爪一样。"这能吃吗？"子安皱了一下眉。

"老师，好吃！"明清揪了一节，放进嘴里，扎巴扎巴嚼着，吃得很香。

子安也揪了一小节，放进嘴里："咦，有点涩，又有点甜呢！"听老师这么说，孩子们都跟着来尝尝……

（七）

云凹河，真远啊！

子安的脚磨破了皮，每走一步，感觉就像美人鱼走在刀尖上。

十一点，终于到了云凹河！

云凹河，弯又长，河水清亮亮。河两岸，一垄垄斑竹垂到水里，蜻蜓在水面飞翔，棒斗鱼趴在浅水岩石上。

这里，就是理想的野炊地方！

校长宣布："现在野炊，吃完饭爬山。各班注意安全！"

于是，大家开始行动起来。

三年级分在靠近河岸的地方，旁边有许多石头，大的、小的，圆的、方的，随便捡几块，就可以搭一个灶。

三十个孩子，分成五组，每组六个人，明清和班长他们一组，按照事先的分工，孩子们砌的砌灶，架的架锅，生的生火，洗的洗菜，淘的淘米，钓的钓鱼……

明清的同桌，是一个心灵手巧的小男孩，名叫王翰。听说要来云凹河秋游，昨天就在家门前的菜地里，捉了蚯蚓装在一个瓶子里，还向妈妈要了几根线，做好了钓鱼的准备。

一到云凹河，王翰就到竹林里折了三根竹条，把线拴在上面，系好鱼饵，乐颠颠地到河边钓鱼，一群男孩子跟在他后面。

他看见老师在河边捡石头，就说："老师，你来钓鱼！"王翰把鱼竿递给子安。

"我不会！"

"老师，简单，把钓线甩下去，不动！"王翰眉飞色舞地给子安介绍着钓鱼的要领，"等一会儿，鱼来吃食，你一拉，就钓上来了！"

"真的！"子安的眼睛里闪着光，她从来没有钓过鱼。在城里的时候，偶尔去护城河边散步，会看见垂钓者，在河边一坐就是几个小时，也不知钓没钓到鱼？现在，王翰说钓鱼简单，只要把钓线甩下去，就可以钓到鱼，她很想试试。

于是，子安接过钓竿，刚要甩钓线。王翰说："老师，等等，这里没鱼。"

"没鱼？"

"嗯，我们到那边去！"子安和一群男孩子，跟着王翰来到一块大石头边。王翰指着水里说："老师，您看！"

"啊！大石头上，趴着好多棒斗鱼，肥唧唧的。"孩子们叽叽喳喳，兴奋得不行！

"嘘，小声点，别吓跑它们！"子安把右手食指放在唇边，示意孩子们别吓跑了鱼。

"老师放心，鱼，听不见的。"王翰笑了，"老师，你把钓线甩下去嘛！"王翰一口一个老师，子安听着，心里暖洋洋的。

"嘣"的一声，钓线甩进水里了，鱼饵慢慢往下沉，最后，停在了两条棒斗鱼的嘴边。大家都屏住了呼吸，子安也在心里默默祈祷："快吃快吃！"

王翰也很着急，小脸红红的，很担心鱼不上钩，有失脸面。

这两条棒斗鱼，趴在岩石上，一动不动，好像睡着了，就是不吃。这不是成心不给王翰面子吗？

子安老师看王翰有点急，就说："这棒斗鱼很聪明，在考我们，看看谁有耐心。"子安刚说完话，就听明清叫了一声："吃了！"

"啊？"子安老师一个机灵，手一提，"天啦，钓起了两条棒斗鱼！这是啥本领？"

"老师，我的鱼线有两个头，装了两个鱼饵！"王翰得意得不行，同学们看着他，一脸膜拜的表情。

"太聪明了！那三个头、四个头、五个头……不是一串串钓上来吗？"子安兴奋极了。

"哈哈哈……"孩子们笑了，"老师，那线断了，鱼就跑了。"

"笑什么呢？"

子安正在高兴地钓鱼，听到问话，一回头，原来是教务主任来了。她羞得满脸通红。

"钓到了吗?"主任笑眯眯的。

"主任,有十多条了!"孩子们争着向主任展示钓鱼成果,"这两条是子安老师钓的。"

"哟,不错不错,有鱼肉吃了!"主任夸奖道,"来,我给你们剥鱼!"说着,主任从腰间取下一把小弯刀,据说这把刀是他在部队的时候就有了,有故事,也有一些历史了。

主任不愧是行家里手,剥鱼动作娴熟,几下子就把棒斗鱼的肚子剥开,取出里面的脏东西,洗干净,说:"子安老师,一会儿腌上盐烤,就行了!"

(八)

河边,炊烟升起来了,袅袅娜娜,慢慢悠悠,飘向天际……

班长他们的饭已经煮好了,辣椒火锅也做好了。

"快快快……"王翰和子安老师一行带着战利品回来了,王翰远远地就冲班长喊,"班长,把锅抬起来,烤鱼!"

"抹盐!"明清大喊一声。

"对对对!班长拿盐巴来!"

班长给每条棒斗鱼抹上了盐,串上竹签,准备放到炉子里烤。

"不慌,先放松果。"大家一看,是明清。他从包包里拿出松果,放进炉子里,炉火燃得更旺了。一会儿,子安的鼻子里就飘来了鱼肉的香味……

"咕嘟……"子安听到了吞口水的声音，孩子们的眼睛都盯着王翰，他和班长在烤鱼。

"熟了熟了!"王翰一声喊，开启了吃饭模式。王翰拿了一条最大的棒斗鱼递给子安，"老师，你尝尝，好香!"

"嗯……"子安闻了一下，揪了一点尝，"的确好香啊! 肉，软软的。王翰、明清，你们也尝尝!"

王翰和明清早就流口水了，他们一人揪了一块肉，放到嘴里，"吧嗒吧嗒"嚼着，"好香"!

"还有呢，谁还要尝啊?"子安举着竹签上的鱼。

"我要我要……"孩子们围了过来，一个个踮起脚丫，伸着手……

"排好队……"

"唉，没了!"

"吃火锅，吃火锅……"

云凹河，静静流淌着，蓝天白云，恋着河中的倒影，羁鸟从林中飞过。

吃完饭，师生们爬上了云凹山。山顶是那样平坦，站在上面，望着连绵起伏的群山，子安的心也随着蜿蜒。

天边飘来了红霞，夕阳渐渐落山。孩子们小小的口袋里，装满了野果。该回家了!

"上山容易，下山难"，在孩子们的保护下，子安下了山。

提起叮叮当当的锅碗瓢盆，唱着那首"洁白的雪花飞满天，白雪覆盖着我的校园……"孩子们踏上了回家的路……

（九）

"老师，通知！"

子安正沉浸在往事的美好回忆中，忽然听到同学说有通知，子安接过一看：星期五，消防逃生演练！

"呜……"她的耳边，似乎响起了警报声，烟雾开始弥漫……

大眼小眼

（一）

又下雪了！

雪，一直簌簌地下。树上堆了一层又一层，厚厚的，树枝承不动了，偶尔，嘎吱断落下来。

这样的天气，路上行人很少，稀稀落落的脚印，一会儿就被雪填平了，到处白茫茫的。

思念，站在窗前，望着窗外，很久了。

（二）

爸爸一早就去了学校。

昨天中午，思念听见爸爸给叔叔打电话，请叔叔给她开一个证明，说她生病了，不能参加期末考试。

晚上，叔叔来了电话，说证明开好了，叫爸爸去拿。

吃过晚饭，爸爸和妈妈去了叔叔家。

思念坐在书桌前，桌上有一个透明塑料袋子，里面有美术工具。

上个星期，老师教同学们做手工，拿出了一个自己做的小兔子，给同学们展示。那小兔子，真可爱啊！白白的毛，长长的耳朵，红红的眼睛，翘翘的三瓣嘴，露出两颗大大的门牙，还有那条短短的尾巴，毛茸茸的，多像思念书包上爸爸给她买的小挂件。

想到这儿，思念嘴角上扬，泛起了微笑，她想做一只小兔子。

"小兔子毛茸茸的，要用绒绒球做才好呢！"思念想。她在工具袋里找了半天，也没找着合适的材料。思念很沮丧，坐在书桌前发起了呆。

屋外，刮起了风，吹得窗户"吱呀……吱呀……"地响。

思念走过去，关窗户。

忽然，她看见阳台的晾衣竿上，挂着一件衣服，这件衣服是去年春节的时候，爸爸给她买的新年礼物。衣服领子上有一个白色的绒绒球，思念可喜欢了，每天都穿着它上学。

现在，思念想，要是用这个绒绒球做一只小兔子，那该多好看啊！

于是，思念从屋子里抬来一条小凳子，站在凳子上把衣服取下来。绒绒球，是用一根细带子系在领子上的，轻轻一取，就下来了。

思念拿着绒绒球，高兴地坐在书桌前，开始做手工。

她想起老师说的，兔子的眼睛，要用红色的扣子做才好看。

"哪里有红色的扣子呢？"

思念来到妈妈的房间，看见妈妈的梳妆台上有一个针线包，打开针线包，里面有好多扣子。思念找呀找，突然，她看到了两个亮晶晶的红扣子。她拿起来一看，扣子一大一小。这怎么行呢？眼睛哪有一只大，一只小的呢？可是，再没有红扣子呀。

"嗯，就这样吧，大眼睛是爸爸的，小眼睛是妈妈的，呵呵呵，这是他们的兔宝宝！"思念笑了。

（三）

早上，思念醒来的时候，发现睡在了自己的小床上。昨晚，爸爸妈妈多久回来的，她不知道。

妈妈已经做好了早餐。

餐桌上，碟子里放着思念爱吃的腊肠和面包，水果拼盘是花的模样：西红柿、苹果、香蕉……杯子里，牛奶冒着热腾腾的气。妈妈穿着围裙，从厨房里端出最后一盘蔬菜，喊着："思念，洗脸，吃早餐了！"

思念已经洗漱好，大声应着："妈妈，好呢。"

来到餐厅，坐上桌子，思念没有动筷。妈妈说："怎么不吃呢？"

"妈妈，爸爸呢？"

"哦，爸爸去学校了！"

"去学校？"

"是啊，去给你交病假条了。"

思念不说话了。她默默端起牛奶喝。"啊……"牛奶有点烫，思念一口喷在桌子上，吐着舌头哈气。

"看你，这么不小心。"妈妈赶紧夹起一块苹果，递给思念，"来，吃一块苹果降降温！"

嚼着苹果，思念觉得，今天的苹果不好吃。

"怎么不好吃呢？是你最爱的红富士啊！"妈妈尝了一口，"味道一样的啊！"看着思念，妈妈皱了皱眉。

思念没说什么，吃了一口腊肠，就走进了书房。

不知为什么？每年的这个时候，爸爸都说思念生病了，不能去学校。

（四）

思念是很喜欢上学的！她都读三年级了。

记得二年级的时候，学校有一个二课堂，给她们讲课的老师是个女生，长得和蔼可亲，又美丽。

那天，老师放了一个动画片。动画片里讲的是一只丑小鸭，后来变成了白天鹅。

老师说："其实，每个人生下来都是一只丑小鸭，怎样才能变成白天鹅呢？"

同学们纷纷举起手。听着同学们的发言，老师不住点头，很开心的样子。

思念坐在教室的最后。她想告诉老师，她很喜欢白天鹅，也想变成白天鹅。可是，她不敢举手，她怕说错。

突然，思念感觉老师的眼睛看向了自己。那眼睛，笑盈盈的，似乎在说："孩子，你也说来听听！"

思念很紧张，立刻把头埋了下去。

老师走了过来，用手轻轻抚摸着她的头，说："孩子，你的眼睛真好看啊，忽闪忽闪的，一直在盯着老师讲课，你叫什么名字呀？"

"老师，她叫思念！"

"哦，思念啊，好有诗意的名字！老师想听听你的发言。"

"老师，她没发过言！"

"老师，她不会说话！"

"老师……"

同学们七嘴八舌，把思念的情况向老师反映，因为，这个老师第一次给他们上课，大家担心老师不了解。

果然，同学们发现，老师的眉头皱了起来，教室里静悄悄的，谁也不说话了。

教室外面，有一棵枣树，又大又直，长得好高。今年的枣子结了很多，都红了，喜鹊在枣树上"呷呷"地叫。

"思念，怎么不会说话呢？那是她不想说，对吧？"老师看着思念，满脸微笑。

听着老师的话，思念的心，暖暖的。

"老师，是懂她的！"

终于，思念小心翼翼地冒出了两个字："努力！"

"听见了吗？同学们……"老师很兴奋，"思念说，'努力！'只要努力，就可以变成白天鹅，思念说得太对了，把掌声送给她！"

顿时，教室里"啪啪啪"响起了掌声，喜鹊也在"呷呷呷"地叫。老师说："思念，你听，喜鹊也在表扬你呢！"

"哇，真的呢！"

同学们不约而同地把头转向窗外，看着那棵高大的枣子树，喜鹊在树上跳过来，跳过去，"呷呷"叫着，很开心！

思念也很开心，那是她读书以来，在学校说的第一句话。

后来，这个老师走了，思念没有再遇见过她。

（五）

爸爸到了学校，在办公室找到了班主任。班主任热情地接待了爸爸。

爸爸红着脸，对班主任说："老师，真不好意思啊，给您添麻烦了，我家思念又生病了，要请个假，期末不能参加考试了。"

"咦，思念爸爸别这么说，生病也是没办法的!"

爸爸从公文包里拿出叔叔开的医院证明，交给班主任，离开了学校……

看着思念爸爸远去的背影，班主任的心微微悸动：多好的孩子，只可惜有智力障碍。也好，这样的孩子永远都是那么天真，永远不用体会成年人的惊醒和疼痛。

（六）

"叮咚……"

门铃响，爸爸回来了!

思念跑去给爸爸开门，从爸爸手里接过公文包，挂在壁钩上。

"今年的雪下得真大啊!"爸爸一边脱鞋，一边说。

"瑞雪兆丰年!"

"哟，我家思念知道这个?"

"老师说的呀!"

"思念……"爸爸喉咙一哽，没说出话来，只是把思念紧紧搂在怀里……

坐在沙发上，思念从衣兜里拿出昨晚做的手工兔子，拎着兔子尾巴上的带子，在爸爸面前一晃一晃的，说："爸，你看这是什么?"

"哟，小兔子！思念做的？"

"嗯！"

"思念，手真巧！可是，眼睛怎么一只大，一只小？"

"呵呵，爸爸，这是你们的兔宝宝，大眼是你的，小眼是妈妈的！"

"这……"

"对对对……"妈妈刚好从厨房出来，听见思念的话，看着她手里的小兔子，眼睛一热，说，"爸爸是天，妈妈是地，不管大眼小眼，眼里全是你，我家思念，就是爸爸妈妈的兔宝宝！"

"呵呵呵……我是兔宝宝……"思念笑了。

兔宝宝在她手上摇呀摇，眼睛忽闪忽闪的，一会儿大，一会儿小……

不倒翁，尾巴地的一棵皂角树

（一）

高寨村，很小！

站在村东头，不用踮脚，抬眼看过去，有一块尾巴地。尾巴地前宽后窄，中间一棵皂角树又粗又斜，看上去要倒要倒的。它究竟有多少岁了，没人说得清。

紧挨着尾巴地的，是一座石板房。房子很旧，瓦片很稀，下雨会漏进屋里。

房子的主人姓王，叫王达，二十五岁，是高寨村的大帅哥。父母双亡后，给他留下了一座石板房，一部拖拉机，还有双目失明的奶奶。

王达读过高中，又帅又有文化。乡里乡亲，但凡有闺女的，都想与他攀亲。可是他要照顾奶奶，所以，王达的婚事一直没成。

村南坡坡上，有一座红砖房，那是村长家。村长的女儿晓晓，十八岁，初中毕业，长得亭亭玉立的。晓晓很喜欢王达，有事没事，都想坐坐王达的拖拉机。

晓晓的这点心思，村长最懂。晚上睡觉的时候，他对老婆说："娃她娘，闺女好像喜欢王达呢！"

"喜欢王达？不行！"

"为啥？"

"是个扫把星，克死了双亲！"

"不能怪王达，生老病死正常的！"

"反正，就是不行！"

（二）

一晃两年过去，晓晓二十岁了。

高寨村是苗族集居地，女娃二十岁不出嫁，是要被人笑话的。村长的老婆外号叫"大嘴巴"，这时开始着急了，到处请人给女儿说媒。无奈女儿心里有王达，死活不肯相亲。

大嘴巴没法，只好厚着脸皮，亲自登门找王达。

这天，是中秋，月亮很圆。

大嘴巴提着一盒月饼，来到王达家。

王达刚刚出车回来，拖拉机停在皂角树下，吱吱冒着热气。王达正提水给拖拉机降温，他一回头，看见了大嘴巴，吃了一惊，说："大姨，您是找我吗?"王达一直尊敬地叫大嘴巴为大姨。

"哦，王达才回呀，辛苦了。"

"大姨，不辛苦，快到屋里坐。"

走到屋里，王达端出一条木凳请大嘴巴坐，这条木凳黑漆漆的，大嘴巴看了一眼，没有坐下去。

王达有点尴尬，说："大姨，您等等!"

王达走出屋子，到拖拉机里拿出一张报纸，这是他在镇上的报刊亭买的。王达喜欢看报纸，喜欢看各种消息。他把报纸拿来，铺在凳子上，说："大姨，您请坐，这是干净的。"

"王达啊，我就不坐了。你晓得，你大姨没事是不会找你的。你也老大不小了，我今天来，是想给你说一门亲，也好对得起你死去的阿妈阿爹。"

提到阿妈阿爹，王达心里酸酸的。八月十五月儿圆，想不到，在这样的日子里，他王达还是孑然一身。

"大姨，我这样的扫把星，有谁看得起?"王达悠悠地说。

"嗨……王达，你晓得的，你家晓妹一直喜欢你，你如果愿意，我和你叔，在年底就给你们成亲!"

大嘴巴一说完，王达又是一惊，他不敢相信，一向势利的大嘴巴，会亲自上门给女儿提亲，嫁给他这样一个扫把星，搞得他一下不知如何是好，半天不语。

"王达，为啥不说话，是不同意吗?"见王达不说话，大嘴巴脸一沉，有点不高兴。

"哦，大姨，晓妹是高寨村的凤凰！我只当她是妹妹，怕高攀不起……"

"行了，王达，是我家晓妹攀不起你！"王达话没说完，大嘴巴立马打断他，气呼呼地走出去，发现忘拿月饼了，又折回来，从凳子上提起月饼，恨恨地说，"狗，都知道感恩！"

大嘴巴说的是实话，父母去世以后，村长一直很照顾王达，村里所有的货物都叫他拉，让王达挣了不少钱。

在大嘴巴眼里，晓晓嫁王达，好比鲜花与牛粪。没想到王达竟不识抬举，拒绝她大嘴巴，这不是得罪菩萨吗？

大嘴巴提着月饼，气呼呼回到家里。晓妹和村长坐在堂屋，正等待消息。

看见阿妈拎回月饼，晓晓立马站起身回到自己屋里，那盒月饼，是她上午到镇上亲自为王达哥哥挑选的。她知道，王达没有同意。

乡村的夜晚，非常寂静！

月亮爬上了树梢，乌鸦惊得"哇"了一声。

王达坐在门前，看着天空。

想着读高中时，自己还是个青葱少年，长长的"飞毛腿"为班级赢得不少荣誉，老师经常说："王达，加油，体校等着你！"

王达爱好体育运动，尤其擅长跑步，他渴望有朝一日走进市体校。如今，梦想，就像天上的烟云，围着十五的月亮，圆却画不成！

"达啊，天晚了，快睡觉！"没听到关门声，奶奶在叫王达。

"好呢，奶奶，这就睡。"

（三）

春天，高寨村小学换新老师了。新老师是个女生，二十四岁，叫秀英。

秀英，皮肤有点黑，长长的辫子拖到屁股，走路一甩一甩的。大家都说，秀英的辫子是皂角水洗的，黑黝黝的！

秀英，汉族，家住高寨河，是今年考起的民办老师，被分到了高寨小学。

高寨小学就在王达家隔壁，初小复式班，四个年级，二十个学生，两个老师，校长和秀英。

秀英到小学的第二天，镇里给学校换课桌椅，校长安排她到镇上去搬。

学校离镇上还有好远的距离，坐车都要两个小时。

校长找到王达，请他帮忙载秀英到镇上。王达没有推辞，满口答应。

乡村的早晨，空气清新，白鹭鸟在田间低飞，马路两边山上的芦苇草，随着晨风摇来摇去……

秀英坐在王达的拖拉机上，感觉无比惬意，她情不自禁哼起了最近听到的一首歌："幸福的花儿，心中开放……"

"秀英老师，会唱这首歌?"

"嗯，还没学会!"

"这是电影《甜蜜的事业》主题曲!"

"真的,没看过!"

"秀英老师,你像电影里那个演员李秀明。"

听见王达夸自己,秀英脸上飞起两朵红云,连说:"哪里哦,我怎能和人家比?"

"我说的是真的,不信去看看那部电影!"

"没时间呢!我和校长要上四个年级,分不开身!"

"当老师,是很辛苦的!"王达按了按喇叭,前边马路上蹲着一只松鼠,听到喇叭响,闪身进了松树林。

到了镇上,文教办主任告诉秀英,桌椅在二楼仓库里。搬四十套木桌椅,对于秀英来说还是很吃力的。

王达说:"秀英老师,你别动,我来搬!"

"这怎么好呢,跑这一趟,你都没有收钱。"

"没事的,为学校做事,我很乐意。"

就这样,楼上楼下,一趟又一趟,王达跑得汗流浃背。

秀英在文教办接了一杯水给王达喝,看到他满头是汗,大颗大颗地滴,秀英从包里拿出花手绢,说:"看你,好多汗水,来,擦擦!"说着,伸出手去给王达擦汗水。王达也没推,任由秀英的手绢在他额头亲吻。秀英秀发上散发的香气,那么熟悉,那是皂角的味道,王达妈妈头发上曾有的。

秀英感觉王达一动不动,赶紧住了手,脸又红了,说:"王达,我去搬,你歇歇气!"

王达回过神,一溜跑上楼,说:"这些事,哪能让你做呢?"

（四）

入秋，皂角树上的皂角变成褐色，可以摘了。

王达爬上皂角树，摘下皂角晒在坝上。皂角晒干了，往年，他都要拿到镇上卖的。今年，他不想卖了，用绳子捆好，装在箩筐里。

放寒假的时候，王达对秀英说："秀英老师，你家住得远，我送你回去。"

"那怎么好意思呢。"

"没事儿，我也是闲着的。"

"那，谢谢你！"

把秀英送到家，王达从车上搬下一只箩筐，里面装着满满的皂角。他把箩筐放在秀英家门口，支吾着说："秀英，你的头发洗皂角最好！"然后，跳上拖拉机，"突突突……"开走了！拖拉机发出的响声，回荡在高寨河……

阿妈从屋里出来，问秀英："娃，那小伙是谁啊？"

"王达！"

"高寨村的王达？不错的小伙子！"

"娘……"秀英脸又红了。

（五）

开春，返学了。

秀英刚走到村东头，就遇见大嘴巴。

大嘴巴阴阳怪气地说："秀英老师家里生活条件好呢，一个假期不见，就长胖了！"

"哦，大姨，我是怀孕了！"

"怀孕，你结婚了？"

"是啊，我和王达结婚了！"

"啊……"听到秀英和王达结了婚，大嘴巴头一炸，尖起嗓门，说："咋不办酒呢？我好来随礼呀！"

"大姨，谢谢您，我娘说，一切从简就行！"

"嫁女儿怎么能这样呢？太随便了！嚏……"大嘴巴打了一个喷嚏，她的声音，满寨子都能听清。

皂角树下有几个纳鞋底的妇女，头上插着银梳的是张嫂，听了大嘴巴的话，说："啧啧啧，不知道这些当妈的怎么想的？"

"就是，这不是跳粪坑吗？"王二妈说话最难听。

"哎，人家的事情，管不着！"看见秀英和大嘴巴走过来了，马婶儿将大针在头发上磨了磨，说，"回家了，锅里的猪食烧开了！"

到家门口了，秀英对大嘴巴说："大姨，进屋坐坐！"

"看你这样不方便的，不用了！"大嘴巴的语气就像喝了醋似的。

"那好，大姨，您慢走!"秀英很客气。

秀英是年前和王达结的婚，没有举行婚礼，只到民政局扯了证。父亲和母亲也很支持秀英，说，日子是自己过的，只要自己觉得好就行。

(六)

秋天，皂角挂果的时候，秀英和王达的第一个孩子出世了!这是一个女孩子，王达特别高兴，说长得像秀英，取名王秀。

王秀长大了，在镇上入了学，会读书，成绩很优秀。她对阿爹阿妈说，长大了，她要做医生，给奶奶治病。

这一年的夏天，王达送货进城，遇到山洪暴发，翻了车，送进了医院。医院打电话通知村里，村长叫老婆大嘴巴赶紧给秀英说一声。

大嘴巴正在包谷地掰玉米，一听到这事，吃了一惊，立马挑起包谷，一路高喊："出事了，出事了……"

来到皂角树下，大嘴巴放下担子，扯起衣角，一边扇风，一边喊："秀英秀英，出事了，出事了!"

秀英正在给学生上课，听见喊声，走出教室，问："大姨，出啥事了?"

"秀英啊，你家王达翻车了!"

"翻车?"

"出车祸了,拖拉机翻到沟里,手摔断了,医院叫通知你!"

"哎呀……"

"啊……"

院子里传来两声惊叫声,奶奶正在屋里剥洋芋,听到大嘴巴说孙儿王达惨遭不幸,大叫一声,栽倒在地。

秀英听了,大叫一声,一个趔趄,险些没站稳。她三步两步来到四年级教室,向校长请假。校长说:"去吧,秀英,我都听见了!"

秀英含着眼泪跑回家。一开门,看见奶奶摔倒在地,她大声喊:"奶奶,奶奶……"秀英泣不成声。

"噼啪……呜……"屋外,突然电闪雷鸣,狂风四起,皂角树被吹得摇来晃去,眼看就要下雨。

村长刚好路过这里,听到秀英撕心裂肺的喊声,他对皂角树下的一堆人说:"都站着干啥呢?还不赶快看看去!"

村长一发话,原本围着大嘴巴七嘴八舌的人都跑进王达家里。大嘴巴走在最前面,一看奶奶倒在地上,大喊:"不得了啦,奶奶死了!"

屋漏偏逢连夜雨,祸不单行!秀英哭得昏了过去。大嘴巴使劲掐秀英人中,秀英才苏醒。

看见村长,秀英像看见了救星,连连说:"叔,你要帮帮秀英!"

村长和秀英的父亲是老交情,向来都是有联系的。虽然自己的女儿晓晓没嫁成王达,老婆大嘴巴经常在他面前说秀英和王达的坏话,但他毕竟是一村之长,还是有觉悟的。于是,就说:"秀英,你赶紧去医院照顾王达,奶奶的事你不用操心,我会安排的。"

秀英跪地对着村长叩了三叩："感谢叔的大恩大德！"

（七）

王达出院了！

截掉一只手臂，保住了命。

奶奶没有了，拖拉机没有了，一只手臂也没有了，王达觉得自己成了废人。他每天坐在家里，看着尾巴地里那棵皂角树发呆。

皂角树下，经常有寨子里的妇女在那里纳鞋底，绣花裙。她们的说话声经常传到王达耳朵里。

昨天，大嘴巴说："以前，我还以为王达是扫把星，其实，真正的扫把星是秀英！"

"就是就是！如果王达娶了你家晓晓，咋会这样呢？"

这些风言风语，王达听了特别痛心。

每天，秀英上课回来，做农活，做饭洗衣，喂猪喂鸡，读报纸，就是想让王达高兴。

王达现在有了脾气，那天秀英买了一份报纸，读给王达听，上面说："后年，民运会，要在市里举行……"

王达一听，一把抓过报纸，撕得粉碎，大声吼着："谁叫你买的？"

秀英哭了，没说什么，默默捡起地上的报纸，从抽屉里拿了一瓶糨糊，来到尾巴地。她靠着皂角树坐下来，一片一片地将报纸粘起来。报纸上有一则消息，秀英很看重，那是一个田径项目，专门针对残疾人，她希望自己的丈夫王达能参加。

秀英知道，王达从小的梦想，是有朝一日驰骋在运动场上，为国争光。如今，丈夫虽然失去了一只手臂，但是，身残志不残，张海迪、海伦·凯勒、霍金……这些都是以前王达讲给秀英听的，难道丈夫王达都忘记了不成？

报纸补好了！秀英擦干眼泪回了家，她小心地把报纸放进抽屉里，开始生火做饭……

（八）

冬天，高寨小学百日冬锻开始了！

校长买了一个大喇叭，挂在皂角树上。早晨八点钟，《运动员进行曲》准时响起，全高寨村都听得见。

"一二一……"随着秀英那清脆响亮、有节奏的口哨声，全校师生围着大操场跑起来。

"一二一……"紧接着，全校二十一名师生一起喊口令，那声音整齐划一，振奋人心！

一天，两天……

一月，两月……

十一月，高寨小学冬季运动会开始了！

这次运动会，校长邀请全体村民参加，村长也很支持。文教办主任也来了，还特别邀请了市残联跑步冠军获得者钟诚。钟诚是高寨镇人，双腿截肢，民运会上，凭着顽强的毅力，靠双手行走，跑完了五十米，获得冠军。

主席台上座无虚席，操场围满了人，没能进场的，爬到了房顶上。

比赛就要开始，校长隆重介绍嘉宾。当喇叭里响起"有请民运会冠军钟诚"时，王达兴奋了，他知道这位身残志坚的校友，读高中时，还和他合过影。他清楚地记得钟诚说的一句话："身残不可怕，可怕的是心也残了！"

他呼地从床上跳下来，用左手和下巴，搬过一架楼梯，左手抓着扶手，一步步爬上屋顶……

比赛紧张进行，最后，三年级的黄蓉获得了冠军；村民，八十岁的刘大爷，获得了第二名。钟诚亲自为他们颁发奖状，并送出祝福的话语。操场上响起雷鸣般的掌声！

"好好！"王达激动地鼓起了掌……

耳尖的秀英，听见了丈夫王达的声音。她没有抬头看屋顶，只是泪流满面地走向钟诚，深鞠一躬，说："钟老师，谢谢您，我给王达报名！"

（九）

尾巴地里，皂角树下，大嘴巴的声音又响起来了——

"噢哟，秀英家王达得冠军了！"

"太厉害了！秀英家老大王秀，考起医学院了！"

"晓得不？秀英要生老二了！"

…………

沙沙沙，沙沙沙，皂角树随着风，摇呀，摆呀……

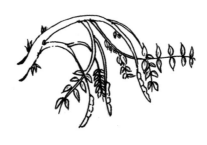

兰的故事

（一）

兰的故事，是要从青冈树下开始的！

屋后的那座山，是个大写的七字，只不过横长竖短，从东往西，"横"了一大片。

山上茂茂密密的，长满了植物。矮的是苔藓，会开花的是丝茅草，开出的白花像狗尾巴，小孩子都叫它狗尾巴草。丝茅草的叶子长得很有韧性，边缘还有锯齿，一不小心就会被它划出血。割草的时候，小孩子是不会去碰它的。高的呢？就算青冈树了。这青冈树长得高大，大棵大棵的。每次去捡柴的时候，我总是要去抱一下它，从来没有抱完过。

三哥在青冈树上打利剑，"利剑"是当地人对青冈树结的果子的俗称，有大拇指大。头圆，肚粗，腿细尖。在利剑头上插一根火柴梗粗的竹签，用手一旋，它就会飞快转动起来。男孩子都喜欢用它做陀螺，还经常在一起比，看谁的转得快！三哥昨天就输给代元了，比陀螺时竟忘记了割草，被父亲打了，不准吃饭。

今早，天还没亮，三哥背着背篼，拿着镰刀就出了门，没有吃早饭。中午饭都吃过了还没回来。母亲叫我去捡柴，说："顺便看看你三哥，又跑哪里去了！"我去厨房，看见锅里还有红苕，就拿了两个揣在兜里，想，看见三哥，就给他。

我提着竹筐，拿着铁签子，就是一头粗一头细的铁丝，是专门用来戳柴的，这样就不怕竹壳上的毛毛了。竹壳上的毛毛很厉害，被碰着了很痒，会起很多红疙瘩。

刚转过屋脚，老远我就看见三哥站在青冈树上，正用细竹条打利剑呢！我不敢喊，怕父亲听见，就悄悄来到三哥打利剑的青冈树下，这棵树好大啊！我伸出手去抱，却一半也没抱完，就听三哥大声说："不用抱了，你手太短啦！"

我很生三哥的气，每次他都这样讲我！

于是，我在青冈树下坐了下来。

忽然，我闻到一股香气，那种香气是我从来也没闻到过的，淡淡的，有一点点甜的味道！

这是什么香味？

我立刻站了起来，围着青冈树找。

"你找什么？"三哥已经从青冈树上下来了。

"哥，我闻到一股香气！我看是什么花开了？"

"哪有什么花香？是红苕的味道。妹，快把红苕拿出来，饿死我了。"我很气地看了三哥一眼，从兜里拿出红苕给他，说：

"还知道饿啊，草割满了没？今天再割不满，看爸不拿火钳打你!"

"不用担心，我早就割满了。"

"在哪儿啊？"

"竹林边。"

"好嘛，哥，你慢慢吃，我去捡柴了。"

"不用捡了，妹。"

"我不敢，我怕妈妈打我。"

"你不会被打的，你不找花了？"

一听三哥说找花，我就来了兴趣。

真的，那香味是从哪儿飘来的呢？

我又围着青冈树找了起来。

突然，我看见青冈树的脚下，有一蓬草，叶子细细的，顶端有点尖，但叶子的边缘却没有锯齿，和丝茅草不一样。这是不是花呢？

我说："哥，这个是花吗？"

三哥把头伸过来，看了一眼，很肯定地说："丝茅草!"

"可它没有齿啊!"

"你知道什么，丝茅草多得很，这是另外的一种。"

在我心中，三哥是有文化的，他说的话，我从来都是相信的!

三哥经常给我讲故事，《岳飞传》啊，《隋唐演义》啊，"桃园三结义"呀，都是三哥讲给我听的，我最喜欢三哥了。

现在，三哥说是丝茅草，我也就信了!

当我们要离开的时候，那个香味又飘来了，淡淡的，有点甜。

我说："哥，你闻，花香的味道，又来了。"

"跟你说了，是红苕。"

三哥不高兴了，每次，我表示怀疑的时候，三哥就会说"跟你说了"这句话。

于是，我就不说话了。

"你不是要捡柴吗，还不去？"

我这才想起没捡柴呢，就赶紧提起竹筐，拿起铁签子向竹林跑。

"跑什么啊，柴多得很。"

我才不听三哥的呢！柴不好捡，我今天出来得晚，竹壳可能早就被人捡完了。

到了竹林，一看，果然，一片竹壳的影子也没有，我很沮丧，今天又要走很远的地方去捡柴了！

我说："哥，你先回去，妈担心你呢。我去捡柴，捡满了再回去。"

"不用捡了，妹。"

"不捡，没柴烧，妈妈会打我的。"

"妹，你看，这是什么？"

"啊！"我一看，在三哥的背篼后面，堆着一堆竹壳！

"我就知道你会来找我的，妹，我已给你捡好啦。"

"哥……"

"来，妹，把竹筐拿过来，我给你装。你不要动，小心竹毛毛碰着你！"竹壳真多啊，竹筐都装不下了。三哥说："用衣服兜！"说完，三哥就把外衣脱下来，摊在地上，把剩下的竹壳全兜在里面了。

我给三哥背起背篼，三哥今天割的草冒出背篼，好重！

我提着竹筐，拿着铁签子。三哥背着草，兜着竹壳，在家里的烟囱冒烟的时候，我们回了家。

（二）

三哥好几天都没给我讲故事了。

昨晚，他给我说，妹，明天中午我给你讲"三箭定天山。"

这是我很喜欢的薛仁贵的故事。

"不过，你要早点把牛喂了。"三哥说。

"好的，知道了！"

三哥就是不爱干活，每次给我讲故事，都要叫我帮他做事，喂牛是爸爸交给三哥的活。

我家养有一头老水牛，牛角弯弯的，长得很慈祥的样子。

不上学的早晨，我起得很早，天刚蒙蒙亮就背着背篼，拿着镰刀，带上书包，牵着老水牛上山了。山上有一片草坪，春天的时候长满了青草，开满了野花。我爱将牛牵到这里来喂。三哥说的喂牛也就是放牛。

到了山上，我把老水牛放到草坪上，它吃草，我在旁边割草。清晨的露珠圆滚滚的，在草叶上亮晶晶地闪着。

当太阳透过树林洒在林间的时候，背篼割满草了，老牛也吃饱了，它停下来，惬意地甩着尾巴休息。我坐在一块石头上，从书包里拿出书来读，我才读小学二年级。昨天老师叫背诵课文《蜘蛛》："不知什么时候，蜘蛛在我家门前的树杈上结了一个网。我常常趴在窗台上看蜘蛛怎样捉虫……"这篇课文有一点长，不过里面的蜘蛛又聪明又勇敢，我觉得很有趣，就一遍一遍地读，一会儿就可以背了。背完了，我抬起头，看见我家的老牛正望着我，咧开嘴笑呢！我知道，它也听懂了！以后，只要三哥叫我喂牛，我就带着书出来，读给老牛听。

中午，三哥回来了。

三哥早上、下午都是要出去的，有时是去吴老师家，有时是去代五家的茶社。

吴老师是三哥的中学班主任，很喜欢三哥。三哥成绩好，是班长。吴老师经常叫三哥周末的时候去他家看书。吴老师家里的书很多，有一屋子。三哥给我讲的故事都是从吴老师家的书里看来的。

代五是村子里很有学问的人，喜欢在茶社里一边喝茶，一边摆龙门阵。我也爱听，可三哥不让我和他去，说没有女孩子听的。

今天，三哥去的是吴老师家。

回来的时候，我看见三哥不爱说话了。母亲说吃饭了，他也只是随便吃了几口就下桌了。母亲和爸爸也没说话。今天，他们都有点奇怪。我不敢说话，吃完饭，收拾了碗筷，到厨房去洗了。

出来的时候，我看见父母亲和三哥都围坐在八仙桌上，好像在说什么，表情很严肃。

"你同不同意嘛？"我听父亲问母亲。

母亲很久都没有说话。

三哥说："我是不同意的，不能考就算了！"

"不能考，就只能做一辈子农民了！"父亲很气地说。

"做就做，有什么可怕的？"三哥气鼓鼓地回着父亲的话。

母亲终于抬起了头，声音很低，说："我相信我家三儿是有出息的。"父亲不再说什么了，他知道母亲说这话就是不同意了。母亲一向笃定她的三儿是有出息的，将来必定是要做大事的。

后来，隐隐约约听父亲和母亲说，吴老师没有儿子，只有三个女儿，想过继三哥给他做儿子，这样，三哥就可以不怕家庭问题考不了大学。可母亲舍不得，因为她最爱三哥。三哥长得也最像母亲，才十多岁，额头、脸上就有皱纹，说话四平八稳，主意多。常听村里人说："咋啦，那家三娃，是个做大事的人呢！"

三哥说："妹，今天，我带你去看兰花！"

"兰花，哪儿有啊？"我激动起来。

"走嘛，到了你就晓得了，把竹筐和铁签子也拿上。"我知道，三哥是要帮我捡柴了。

我和三哥来到山上。他几下子就爬上了那棵最大的青冈树，他又要打利剑了。

"哥，你不是说看兰花吗？"我有些着急地大声问。我知道三哥一打起利剑来就什么都忘了。

"你自己看啊。"

"在哪儿啊？"

"青冈树下。"

"没有，只有丝茅草！"

"丝茅草就是！"

"丝茅草就是?"听了三哥的话,我晕了,这明明是丝茅草嘛,哪来的花?我很气三哥,上次说是丝茅草,这次说是兰花,这不是哄人吗?我不理三哥了,提着竹筐,拿着铁签子自己去捡柴。

天边挂起了晚霞,太阳要下山了。

我听见三哥在叫我:"妹,你快过来!"

今天没有竹壳,只捡了一些小树叶,筐也没装满。我提着竹筐来到青冈树下,看见三哥早已从树上下来,坐在青冈树下休息了。看见我来了,三哥说:"没捡满吧,就知道是这样!看,我打了一些青冈叶,拿回去晒一晒就可以烧了。"可是我不高兴,因为三哥哄我,说丝茅草是兰花。

三哥见我不说话,就把青冈叶装在竹筐里,说:"妹,这个丝茅草真的是兰花,春天的时候我见它开过,和吴老师家屏风上画的是一样的。"提到吴老师,三哥不说话了,我知道三哥不喜欢提这件事,就很乖地说:"我知道了,哥。"

后来,我离开家了。

后来,三哥也离开我了。

后来,我就爱种"丝茅草"了。

现在,已是春天的时候,就在我的书桌旁边,种有一盆丝茅草,它是春兰,已经开了,紫红色的小花朵,散发着儿时熟悉的香气,淡淡的,淡淡的,有点甜……

我家的老牛

　　我家的老牛有多少岁了,我不知道。

　　父亲和母亲也从来没给我讲过。

　　我只知道,老牛很大,很高,我站着才有它的腿高。它的腿又粗又壮,像四根柱子,站得很稳。老牛的背上几乎没有毛了,只有尾巴尖上有几根。它的角又长又弯又硬,其他的小孩子是不敢去碰的,我敢。每次,三哥叫我喂牛的时候,我爱用手去摸老牛的角,它都不生气。老牛的眼睛很大,很圆,很鼓,眼睛上有眼睫毛,还很长,都有一点白了。每次,老牛看我的时候,眼睛总是笑着的。它的嘴巴有点扁,不过牙齿还都是齐的,没有掉。我一直叫它老牛,它也知道这个名字。喂牛的时候,只要我一叫,它就会抬起头来,咧着嘴巴,眼睛笑着。

　　老牛很辛苦!

　　春天的时候,布谷鸟在树林里"布谷""布谷"开始叫的时候,老牛就要下地干活了。

　　先是梁大爷来。梁大爷快五十岁了,是生产队里犁田犁得最好的，他犁田从来不用牛鞭，牛都听他的。他先开了犁，后面，队里才接着安排其他的人，这样，后面的犁田活就顺了。

梁大爷家离我家也很近，就住在对面的青冈嘴，有四间大瓦房，四个女儿，一个儿子。儿子就是代元，比我大一岁，爱和三哥耍。

今天是星期天，梁大爷来的时候，我在喂老牛。老牛吃的是青草，昨天三哥割了一大筐，它还没有吃完。母亲端来了一盆豆浆给老牛喝。开犁的第一天，早上，我家的老牛都是要喝豆浆的。喝完豆浆，梁大爷就牵着它下田了。

老牛第一天要犁的是一块大水田，叫幺姑秋。幺姑秋真的很大，从上往下看，我都看不到边。

听五婆说（五婆是我们院子里故事最多的老人，读过私塾，头发全是银色的，很长，总是挽成一个发髻，用一根银簪子别在脑后。她是梁大爷的母亲），那是很久很久以前的事了。有一个男子，是邻村赵家的女婿，特别勤快，每天洗衣做饭，做农活，丢下这样干那样，不知道累，也不抱怨什么。人们觉得他就像一个勤劳的妇人，所以，就叫他"幺姑"。

有一年春天，也是布谷鸟叫的时候，幺姑下田插秧。早晨下田，到太阳升上头顶，幺姑都没有上来过，一直埋着头插秧。插呀插呀，大家叫他休息，他说，快了快了，就快插完了。下午，终于插完了，家人给他端来一碗糖水，幺姑很高兴，准备走到田坎边来喝。可是，当他抬起头，直起身的时候，只听见"咔"的一声，幺姑"嘭"的一下倒在了秧田里。人们慌了，七手八脚把幺姑抬上岸，看见幺姑的腰断了，鼻孔也流血了，就这样，幺姑在布谷鸟叫的时候离开了。从此，这块大水田就叫幺姑秋。

每次听五婆讲这个故事的时候，我都很怕！

快中午了，我跑到山上，站在高坡上望幺姑秋，汪汪的水田里，我家的老牛埋着头，拖着犁，在向前走着。它的身后，是一溜溜向右翻开的新泥，阳光照在上面，一闪一闪的。梁大爷手握着犁把，嘴里"嘘嘘"着，马上就要到田边了。

这时，我听见父亲的声音："梁大爷，吃饭了，休息一下。"

于是，梁大爷停下了犁，解下了牛头上的枷，牵着牛，从田坎上走到树林里来。

父亲在草坪上摆出午饭，开犁，队里是要管午饭的。回锅肉，油菜薹，白米饭，豆浆……梁大爷也叫我吃，这是我记忆中吃得最好的开犁饭。老牛也在一边吃草，吃饱了，它躺下来在草坪上休息。梁大爷给我的豆浆我没喝，我端过来给老牛喝。喝完了，老牛眯着眼，睡着了。

父亲和梁大爷吸着旱烟。梁大爷的旱烟杆有点长，上面挂着一个袋子，里面装有烟丝。吸完了一壶，梁大爷又从袋子里捻出一点烟丝，放进烟嘴里，压一压，平了，划燃火柴，点着了吸。梁大爷的旱烟嘴是铜做的，很亮。他吸旱烟的时候，发出"吱吱"的响声，好像很带劲的样子，牙齿都是烟丝的颜色了。吸完了旱烟，梁大爷拿烟嘴在旁边的石头上磕了两下，抖去烟嘴里的烟灰，然后别在了左边的裤腰上。父亲也有一根旱烟杆，有点短，烟嘴也是铜的，烟把是白石头做的。三哥说，那是玉石。父亲吸完旱烟，叫我替他拿着。我摸了一下，那石头玉滑滑的。

时间差不多了，老牛都站起来了，它在桉树下拉了好大一堆牛粪。父亲也收拾好了装碗筷的担子。于是，梁大爷拉着老牛又开始犁田。

晚上的时候，母亲做好了饭。梁大爷也牵着老牛回来了。三哥拉着它到我家门前的池塘里去洗其身上的泥巴，我看见，老牛走得有点慢，好像累了！

晚上，三哥把割的青草切细了，给老牛吃。我把早上父亲给我留的豆浆也给了老牛喝。老牛喝完豆浆，就跪下前面的左腿，然后又跪下后面的左腿，侧向左边，长长地呼了一声，躺下来，睡了。

接下来的好久好久，郑大爷，曾大爷，周大哥……都来牵牛。老牛跟着大爷、大哥们干活，犁田，翻土……

冬天的时候，歇田了！土里种上麦子了，田里种上胡豆了，也种上油菜了……

老牛也可以休息了。它住在我家的牛圈里，吃着切细的谷草，喝着豆浆，冬天老牛一个星期是要喝一次豆浆的。

慢慢地就过年了！

听着除夕的鞭炮，喝着除夕的豆浆，"布谷"声中，就听梁大爷一声喊："开犁了！"

于是，我家的老牛就又开始下地干活了……

水浮莲的梦

（一）家乡的堰塘

家乡的堰塘，水汪汪的。

这堰塘，修在德新湾，就在我家的屋门前。

每天，一打开大门，透过院子边的两垄茨竹，就能看见太阳从东边升起，也可以看见堰塘。堰塘很大很大，是不规则的圆形。堰塘里的水很深很深，小船可以在里面自由划行。

从北向南，是一条两米多宽的路，这条路是从下往上的一堵堤坝筑成的。这堵堤坝，把东边和西边隔开，分成了上下两个部分，把堰塘的水围了起来，只在南边的角落开了一个出水口。

出水口还放有一块用竹条编的大篮子，可以漏水，但大鱼漏不出去。

东边，是一块块的水田。这些水田一块比一块高，层层叠叠，像梯子一样。每块水田之间都有一条两尺多宽的田坎，很长很长。每条田坎都是连着的，可以从这块田坎走到那块田坎。远处的坡上是一块块的土。坡的左边有一条水渠，我们叫它水沟。这水沟是一块块长方形的大石头砌成的，石头的宽度可以容得下一个人走。水沟从很远的盐井沟挖来，挖到哪里去了，我就不知道了！

（二）神秘的盐井沟

盐井沟是个很神秘的地方！

记得当初挖水沟的时候，表哥也来了。他是远近闻名的石匠，会雕刻各种图案的石头，是石匠界的能工巧匠。我家漂亮的石磨子就是表哥打的。这次，全县兴修水利，表哥被选了出来，负责开山打石。我家后面的七字山，西边都被打去了一"短横"。

夏天的中午，是很热的。太阳白花花的，蝉在桉树上使劲地叫，"叽……呀……"那声音又高又亮又长，很远都能听到。离开家乡以后，我就没有听到过这种蝉的叫声。麻麦蚊，只有针尖尖大，看不见，叮人却很凶。当你感觉痒的时候，腿上已经有很多的疙瘩了！你千万不要抠这些疙瘩，越抠越痒，钻心一样。你要用口水抹，一会儿就不痒了。大人说，口水是药！

修水渠的石匠，中午就在我家吃饭，这是队里安排的。吃完了饭，要休息一下，两点才出工。我问表哥挖水沟干什么？表哥说，水沟挖好了，可以把盐井沟的水引到我们这里来灌溉农田。

"盐井沟在哪里啊？"

"在很远的大山里。"

"很远，有多远啊？"

"我也不知道呢，只听说水很多。"

从此，我对盐井沟就有了憧憬，真想去看一看。

我有几个玩得好的伙伴：梁艳，钟琳，聂萍。我们几家住得很近，平时，割草，捡柴，放牛，喂猪，写作业，都经常在一起。她们也很想去看看盐井沟。

三月的时候，早春粮食成熟了，要犁田插秧了，盐井沟放水了。水哗哗地从水沟闸门流下来，流到东边的每一块水田里，又从东边的水田流下来，汇聚到堰塘里。

堰塘里养了很多鱼，鲤鱼，鲫鱼，草鱼，乌鱼，白鲢……还有小鱼小虾。

堰塘里的水装满了，就从南边的缺口流出来，哗哗哗的，从一条小水沟流到西边的一块块水田里，水又从一块块水田一直流到幺姑秋。小鱼小虾也跟着流出来了。三哥就带着我，拿撮箕去接鱼接虾，装在鱼篓里。一会儿，就接了好多。拿回家去，母亲把鱼炒干，放上盐巴就可以吃了，香喷喷的。

有时候，盐井沟放水，水沟里也会有鱼流下来。大家都说，那些鱼是从盐井沟来的。

"天啦，这盐井沟有多少鱼啊？"

于是，我们几个好伙伴决定等盐井沟再放水的时候，就去盐井沟。

今天，盐井沟又放水了。

早上，我们几个伙伴约好一边割猪草一边走路去盐井沟。可是，盐井沟在哪里呢，大家都不知道。梁艳说："我们沿着水沟走，就可以走到。"大家都说好。

早上，在太阳还在山顶的时候，我们四个小伙伴就背着小背篼出发了。圆山坝下面，是水沟最矮的地方。有两块石板搭着，把水沟左右两边的石头连接起来，方便人们过路，以免摔下去。我们就从这里开始，沿着水沟一直向北走，水是从北边流下来的。

梁艳领头，走前面，聂萍走第二，钟琳走第三，我走最后。

走在水沟上，可以看见水沟里的水清亮亮的，还有点凉。想到就可以看到向往的盐井沟了，大家都很兴奋。

你看，水沟的两边，有很多的水田。

冬天的时候，勤劳的家乡人就把水田里的水放干，在一块块水田里，种上了胡豆、豌豆。在田坎上，种上了油菜。每块田坎上，隔不远就种有一棵桑树，那是养蚕的。坡上的土里，大多种麦子，偶尔会夹种一点胡豆，豌豆和油菜夹在旁边。家乡的土地，就没有闲着的。

春天的时候，布谷鸟才开始叫不久，水田里，田坎上，土里，紫粉色的胡豆花、豌豆花开了，金灿灿的油菜花也开了，麦苗扬起了白花，一片片的。每年的这个时候，我看见父亲的脸上总是笑盈盈的。

农历三月的时候，胡豆、豌豆成熟了，结得鼓囊囊的，大家忙着采摘。田里，妇女背着背篼，扎着围腰，把摘下来的胡豆、豌豆往里放。满了，来到田坎上，倒进箩筐里，大箩小箩，一担担，一排排。男人们把它们挑到生产队的保管室里，等待晒干以及之后的分配。父亲也在。每次父亲挑的箩筐都是最大的，父亲的力气很大！

田坎上，油菜子黄了，叶子也干了。割下来，打出菜子，晒干，拿到街上油坊榨油，那新菜子油可真香啊！

然后，就开始犁田插秧，分早春粮食了！

胡豆、豌豆、菜油，按每家挣的工分多少来分配。我家只有父亲和母亲出工，挣的工分少，分的粮食不多。三哥说："娘，我不读书了，回家挣工分。"

母亲说："谁要你挣工分啊？"

"队里有好多和我一样大的都没读书了！"

"他们是他们，你是你！"

"妈，那我不读了，让三哥读，三哥成绩好！"我对母亲说。

"都不行，要好好读书！"母亲很坚定地说。

以后，三哥和我都不再提挣工分的事。

想到这些的时候，我才发现，我们一直走在水沟上，没有猪草，到哪里去割呢？

聂萍说："不要紧，等会儿我们回来再割！"

走啊走啊，开始的时候，可以看到，有人拉着牛在田里犁田插秧；可以看到，白鹭在秧田里扇着翅膀飞翔；可以看到，村子里，农家烟囱里冒出的缕缕炊烟；可以听到鸡的叫声，狗的叫声……后来，就什么也看不见，也听不见了。水沟越走越高，两边的山也好高，往下看不见底了，也看不见太阳了。我不敢往两边看，怕摔下去。

我听到了肚子叫的声音，中午都已经过去很久了，我们都没有吃饭，好饿啊！

大家越走越慢，可是盐井沟还没有看到，我们还在水沟上。忽然，我们听到了狼的叫声，那声音是从山上传来的，好恐怖哦！"啊……"钟琳吓得蹲在了水沟上，不敢走了。

我也很害怕，连忙说："梁艳，我们回去吧，天要黑了，我爸爸会担心的！"

"好吧！我们先回去，下次再来！"

可是，水沟很窄，背着背篼转不了身，转身的话会把后面的人挤下水沟去，那可不得了，会摔死的。怎么办呢？

我走在最后，就说："我先把背篼放下，蹲下来，慢慢坐在水沟上，向后转，然后再爬起来，就可以了！"

我们按照这个方法，小心翼翼，一个一个向后转。转完了，才开始走。这时，我变成第一了。

钟琳担心地对我说："别走错了！"

"放心，沿着水沟走，不会错的。"

走啊走啊，太阳真的下山了，天黑下来了，想着父亲见我天黑都还没有回家要担心我了，我心里很急，赶紧往前走。

三月的乡村，晚上越走越黑。

远处，可以看见星星点点的灯火了，有村子人家了。

梁艳说："有村子，有人家，就快到家了！"她比我们大五岁，经验丰富一些。

过了一个村子，又过了一个村子……

慢慢地，偶尔听得见狗叫的声音，却看不见灯火了。水沟里也没有水流了，我知道，盐井沟不放水了。水沟石头的颜色是茶豆的颜色，白天是豆沙色，晚上的时候，就和夜晚的颜色一样了。

"呜呜呜……"我哭了，不敢走了。

"你怎么啦?"钟琳问。

"我看不见路了，看不见水沟了，我怕摔下去。"

"那怎么办呢?"

"你在前面，不可能不走啊?"梁艳说。

"呜呜呜……"我又哭了，可是不敢大声哭。

"别哭别哭!"聂萍说，"爬吧，爬就不怕摔下去!"

"对，爬!"钟琳也说，"你摸好了是水沟，再往前爬，我们在后面慢慢走。"

原来，她们是看得见的，只有我看不见。那天晚上，我才知道，我有夜盲症。从此以后，落下了恐黑的阴影。

我往前爬呀爬呀，膝盖痛了，手也痛了，也不知爬到哪里了。

这时，我听到了一声喊："妹……"

是三哥! 是三哥在叫我呢!

"哥……"我一边喊哥一边哭。

"阿爷，是妹，是妹在喊我!"

"在哪里?"

"在水沟那边!"

"五妹!"

"爸……"

"她们回来了……"

"回来了……"

顿时，四处亮起了电筒、火把，村民们都赶来了，梁艳、钟琳、聂萍的爸爸妈妈也来了。

三哥见我爬在水沟上，问："怎么啦？妹！"

"你家五妹晚上看不见路，爬着回来的。"

"妹，来，我背你！"三哥蹲下来，让我趴在他背上，背起我。爸爸拿着我的背篼，打着电筒，我们回了家。其他三个伙伴也被爸爸妈妈带回去了。

到家时，十点钟了。

我的棉裤子磨破了一个洞，手磨出了血，又脏又黑。妈妈打来洗脸水，给我洗脸，洗手。父亲给我擦了紫药水。三哥端来了面片稀饭，说："妹，刚刚热的，快吃！"

第二天，我们才知道，天黑了，家里人都不见我们回家，急了，到处找，村子里的广播发动全村人去找。有人说，是不是割猪草迷路了，有人说今天盐井沟放水，是不是堰塘水满了，掉进去了。于是，大家就划船捞，没捞着，差一点把堰塘的水都放干了。后来才晓得我们要去盐井沟。大家都说，盐井沟很远很远，坐车都要几天几夜，怎么走得到呢。越往里走，水沟两边全是悬崖峭壁，掉下去就没命了，幸好及时返回，不然就出大事了！

从此，我们谁也不说去盐井沟了，盐井沟，成了我童年记忆中"神秘的沟"！

盐井沟没去了，盐井沟的水还在哗哗地流到堰塘里来……

(三) 科学养猪

公社号召科学养猪了，提倡饲养杂交猪。

杂交猪和我家洋母猪一样，都是高个子，纯白色，饲养周期短，七八个月就可以出栏了，比普通黑毛猪早两三个月。社员们都知道养杂交猪好。可是，杂交猪有一个缺点，就是吃得多。

哪有那么多猪草给猪吃呢？

公社农技站很有办法，不知从哪里引进了浮萍，说把浮萍放在水里，就可以生长，可以繁殖很多很多浮萍，这种浮萍可以用来做猪饲料。

于是，堰塘里铺满了浮萍。一开始，浮萍是绿色的，最后变成浅紫红色了。社员们每家每户都有一个笊篱，笊篱的柄很长，专门用来捞浮萍的。浮萍捞上来以后，拿回去，不用煮就可以喂猪了，节约柴，村民都说好，我们几个伙伴也好久没割猪草了。

不久，人们发现，猪吃了浮萍以后，爱拉稀，瘦精精的，也不肯长膘，所以就不拿浮萍喂猪了，还是用牛皮菜、红苕藤、油菜叶、鹅儿肠这些喂猪。

于是，下午放学，周末，我们几个小伙伴就又开始割猪草了！

好久不用浮萍喂猪，堰塘里的浮萍疯长起来！床垫似的铺满堰塘，连小船都划不进去了。堰塘的水绿茵茵的，走在堰塘边，那水也开始有一股腥臭味了。后来，人们发现有小鱼翻着白肚漂在水面上了。大家都说，浮萍多了，透不了气，鱼儿被憋死了，要把浮萍捞起来。

于是，五月的时候，生产队就派工捞浮萍了。

那段时间，一大清早，就看见祥林和丁武拿着笊篱在堰塘里捞浮萍。他们俩是负责堰塘养鱼的。每天，他们把浮萍放在堰塘坎上，堆得又高又厚，踩在上面，就像走在云里头。

　　一个星期过去了，两个星期过去了，浮萍还没有捞干净！下雨的时候，堰塘坎上的浮萍又被雨水冲到了堰塘里，祥林和丁武很恼火。

　　后来，队长到公社农技站去反映情况。农技站派王技术员来了，他看了看堰塘里的浮萍，说："浮萍的生命力是很强的，繁殖得快，已经不适合种植了。现在可以种水浮莲来抑制浮萍的生长。"

　　"水浮莲？什么是水浮莲？"大家都没有见过。

　　王技术员说："水浮莲，是从巴西引进的品种，繁殖快，可以代替浮萍做猪饲料，鸡鸭鱼鹅，都可以吃，嫩叶子和花可以做菜吃，还可以治热疮。"

　　"天，有这么好啊？"社员们都动心了。

　　"队长，明天派几个人到农技站来领水浮莲！"王技术员对队长说。

　　第二天，队长就派人挑着箩筐到公社农技站领来了水浮莲。

　　那天的天气可真好啊！

　　一大早，天空就是鱼肚白色。太阳从圆山坝山顶爬上来，发出柔和的光。阳光照在堰塘里，水面一闪一闪的。

　　社员们拿着笊篱，拿着撮箕，聚集在堰塘边，等待水浮莲的到来。

　　快十一点的时候，堰塘开始骚动起来，有人喊："来了！来了！"

　　大家往圆山坝望去，只见水沟边，七八个有力气的男人挑着箩筐，从石板小路一颤一颤地走过来。看他们的箩筐，装得像小山似的，东西堆出了筐。那掉在筐边，一扇一扇的、圆圆的东西，像叶子，那就是水浮莲吗？人们都很好奇，踮着脚尖望。

男人们进了青冈嘴了(青冈嘴是住着五户人家的一个小村子，就在我家对面)，看不见了。

一会儿，青冈嘴的竹林边冒出了第一个头，那是我的爸爸，他挑的箩筐好大啊，装得满满的。紧接着，祥林，丁武……

转过来了，转过来了！下坡了，下坡了！到堰塘边了，到堰塘边了，终于看清了——箩筐里装的就是水浮莲，这些水浮莲，长得有点怪！下面是一个圆圆的葫芦，葫芦上是一片圆圆的叶子。我说有点像葫芦。

三哥说："妹，水浮莲，又叫水葫芦，还会开花呢！"

"真的吗？哥。"

"嗯，是紫色的！像凤凰的眼睛，有人叫它凤眼莲。"

多好听的名字啊！

从此，我就盼望着水葫芦开花。

水葫芦种在池塘里了。不久，人们看见，池塘里的浮萍渐渐少了，水葫芦多了起来。王技术员说的是对的——水葫芦可以抑制浮萍生长。有的社员还把水葫芦拿去放在稻田里，于是，稻田里也长起了水葫芦。

猪吃的饲料不用担心了，很多。社员们把水葫芦割下来，切细，煮熟了来喂猪，猪也肯吃。吃不完的，还可以晒干，用袋子装好，冬天的时候吃。

七月的时候，堰塘里铺满了水葫芦。水葫芦打出了一个个紫色的骨朵，不久就开了，满堰塘都是。那些紫色的花朵真的像凤凰的眼睛，丹凤眼，好看！蜻蜓飞过来，停在上面，花的，红的，绿的……好漂亮啊。

　　村子里的孩子们，不论是男孩女孩都乐坏了。男孩子在长长的竹竿上用细竹条编一个椭圆形的网，到屋檐下找蜘蛛网，网在竹网上，网得越多越好，可拿去粘蜻蜓。女孩子呢？把水葫芦花摘下来，做成花环戴在头上，就成花仙子了。我也有花环，那是三哥给我编的，又结实又好看。我戴着的时候，父亲看着我笑盈盈的，母亲也说："我家五妹好看！"

　　前年的时候，和姐妹们去凤凰旅游。晚上，我们三姐妹漫步在沱江边，看着万家灯火在水面摇曳，像天上闪闪的星星。河对面的吊脚楼上，有没有一个姑娘也戴着花环看这一江的星星呢？正想着，就见码头上有一位老奶奶提着一个花篮，里面装满了花，那些花，是花环，老奶奶在卖花环呢。她的头上戴着一个彩色的花环，那花环，有红花，有紫花。奶奶说："紫色的花叫凤眼莲！"

　　"凤眼莲！"我一听，多熟悉的名字呀！

　　我赶紧问老奶奶："是水葫芦花吗？"

　　"对的，对的，就是水葫芦花。"老奶奶说，"姑娘，你要买一个吗？"

　　"有几个？"

　　"还剩三个！"

　　"老人家，我们全要了，正好一人一个！"

　　在那样一个盛夏的夜晚，我们三个姐妹把花环戴在了头上，一下子成了沱江边最美丽的姑娘。凤眼莲那紫色的花瓣在璀璨的灯光下紫盈盈的，似乎在讲着它的花语故事。

　　想着小时候，七八月间，家乡的堰塘里，长满了凤眼莲，那花朵也是紫盈盈的，那花环全是紫盈盈的。

农技站王技术员说："凤眼莲的花可以做菜吃!"可是，乡亲们从来没有拿来做过菜吃，只有小姑娘们爱把它采来编成美丽的花环戴在头上。

后来，像浮萍一样，凤眼莲也越来越多，越来越多，小船也划不进堰塘了，水里也会看见有大鱼翻白肚了。村民们说，水葫芦繁殖得太快了，太多了，影响了鱼和稻谷生长，得像浮萍一样捞上来，不养了。

于是，人们又看见祥林和丁武开始忙碌了!又看见堰塘坎上堆满了水葫芦，踩在上面就像踩在云里一样，还有嘎吱嘎吱的响声。

乡亲们还是用牛皮菜、油菜叶、鹅儿肠来喂猪，我和几个伙伴也还是经常一起去割猪草。

(四)沼气"电灯"

十一月了，天气还是很热。

一天，三哥对父亲说："阿爷，在我们厨房的后面挖一个大池子，把那些水浮莲放进池子去，用盖子盖上捂。"

"捂来做什么?"

"做沼气池，做沼气!"

"沼气池!沼气?"

"是的，水浮莲被捂住后会产生很多气体，就是沼气。沼气可以烧火做饭，点灯!"

"真的是这样吗？哥！"

"真的！"

"太好了！以后我就不用捡柴了！"

不久，父亲就在我家的厨房后面用砖砌了一个圆形的池子，下面大，上面小，顶上用一块石板盖上。池子的四周都用有黏性的黄泥敷好，不让它漏气，只留了一个小气孔，气孔处插了一小节空心的圆形螺旋直管，说是以后用来接皮管子的，只不过现在用一个塞子堵上了。然后，父亲又把堰塘坎上的水浮莲全部弄来放进池子里。村民们很不理解，私下议论："这家三娃又要搞啥子了？"

一个月后，三哥从公社农技站拿回来一根长长的、细细的皮管子，还有像草帽一样的铁皮罩子，罩子下面有一个白色的小纱罩，小纱罩外面还有一个玻璃罩子罩着。

我很好奇，问："哥，这是什么？"

"沼气灯！"

"沼气灯？"

"妹，你看着，一会儿，我家就有'电灯'了！"

"电灯！哥，没有牵电线呀？"

"你看着嘛！"

就见三哥和父亲拿着这些东西来到沼气池边，弄啊弄，弄了好久。一会儿，沼气池气孔处圆形螺旋直管上的塞子被取了下来，皮管子接了上去，牵到厨房里来了。父亲找来一枚钉子，钉在墙上，把管子挂在上面。三哥又叫父亲削了一根很长的、很结实的木签子，一半钉进墙壁里，一半伸在外面。然后，三哥把那个铁皮帽子上的钩子挂在竹签子上，一按铁皮帽上的按钮，就听

"扑"的一声，一会儿，白色的小纱罩慢慢亮了，光透出了玻璃罩，屋子里也亮起来了，像白天一样。

"啊，我家有电灯了!"我高兴地喊起来。

爸爸说："是沼气灯!"

"嗯，沼气灯，就像电灯!"

"看你高兴的!"母亲笑着说。

"怎么样？妹!"

"三哥真厉害!"

"三娃家有沼气灯了，就像城里的电灯一样!"

一时间，消息就像长了翅膀一样，飞遍了村子的每一个角落，飞遍了临近的村落。在家家都还点煤油灯、马灯的年代，我家就有了沼气灯，这沼气灯就像电灯一样，把黑夜变成白天。人们羡慕极了，家家开始修沼气池，村村开始修沼气池。接着，家家有了沼气灯，村村有了沼气灯，堰塘里又种起了水浮莲，水浮莲又有用了。

家乡的夜晚也亮起来了，不论春夏秋冬，星星都在闪耀，很美!

可是，后来，人们不点沼气灯了。因为沼气池需要很多的水浮莲，需要很多的豆秆、谷草、麦秆、马牛粪，但是，豆秆、麦秆是用来烧火煮饭的；谷草是用来喂牛的；马牛的粪便是用来给庄稼施肥的，人们用它们来做沼气电灯，就会影响生活了。

乡亲们都说："沼气灯好是好，就是太费材料!"

"妹，不好意思啊，我们又要点煤油灯了。"三哥很愧疚地对我说。

"哥，不要紧，以后会有电灯的!"

"就是!"母亲也说。

从此，家乡的堰塘安静了。

乡亲们不种水浮莲了。

堰塘的水又清清的了。

夜晚的时候，偶尔，会有大鱼"嘣咚"一声跳出水面，不知是不是还在做着水浮莲的梦……

小燕子飞回来了

春天，布谷鸟叫的时候，水田里，秧苗插下去了，明亮亮的水面，泛着淡淡的绿。抬眼望去，没有边。

田坎上，挖了一个一个的小土窝，里面种上了黄豆，绿豆，豇豆，茶豆，种上了高粱，还有牛皮菜。凡是能种庄稼的土，村人都不让它们闲着。

这时，燕子也从南方飞回来了！

它们轻盈的翅膀，剪刀似的尾巴，在稻田里、池塘边轻轻划过，"呷呷"叫着，充满喜气。

"几处早莺争暖树，谁家新燕啄春泥。"

那天中午放学回家的时候，我看见池塘边有两只燕子在啄泥巴，它们黑色的羽毛像绸缎，在阳光下闪着光。多漂亮的燕子呀！我一下子想起了那首歌，轻轻地唱了起来："小燕子，穿花衣，年年春天来这里。我问燕子你为啥来？燕子说，这里的春天最美丽！"唱着唱着，我的心也跟着美丽起来，一会儿就到家了。

父亲在院子里用竹子编箩筬，已经编好三个了，再编一个就是两对了，明天赶场就可以拿去卖了。

我最喜欢父亲编的箩篼，背篼，板凳，还有撮箕，筲箕，笊篱，多结实，多好看啊！拿到集市，一会儿就卖完了，每次卖完，父亲都要给我买小人书。

有一次，父亲给我买了《决裂》，我看不太明白。

三哥说："阿爷，以后你就给妹买《三国演义》《岳飞传》这些嘛，妹看得懂！"

这一次，父亲听三哥的，以后就给我买这些小人书了。

"爸，我放学了！"

"放学啦，来，把这些细竹条拿去给妈妈烧火。"

"嗯……"

我抱起父亲削在地上的竹条，走进家，看见母亲正在厨房做饭。

我把书包放在堂屋的八仙桌上，进厨房帮母亲烧火。

我坐在竹椅子上，把竹条放进柴灶里，竹条还有一些湿，放进灶里啪啪地响，冒出水泡，水汽干了，火就旺了。

母亲开始洗锅炒菜了。

春天，母亲炒得最多的菜就是红油菜薹和春不老，还有红萝卜，还爱放大蒜在里头，味道有点怪，不过比咸菜好吃。

母亲最爱泡咸菜，她泡的咸菜大家都说好吃。拿到街上卖，人们也爱买。还有村民将母亲泡菜的水要回去做母子，就是做引子，说此水泡出的咸菜味道好。可我不爱吃咸菜，要吃新鲜菜，咸菜吃两天，我的嘴巴就开始出现溃疡了，还解不出大便。为此，母亲很恼火，常说："你这是啥命，看你肩不能挑，手不能提，以后咋办哦？"

每次母亲说我，父亲就会笑着说："你没听她表哥说啊，五妹是金子！"我很感激父亲，他一说这话，母亲就不说我了！

我烧着火，忽然，听见"呷呷"的声音，是小鸡吗？不是，我家没孵小鸡崽！是兔子？也不对，兔子不是这样叫的！

我对母亲说："妈，你听见叫声了吗？"

"哪里，什么叫声？"

"堂屋里！"

"没听见，你看一下嘛。"

我起身来到堂屋，果然又听到了那叫声。

我抬头一看，呀，在我家堂屋右面的墙壁上，住着两只燕子，就是我回家时在池塘边看到的那两只。它们嘴里衔着泥，正在墙壁上筑巢呢！我惊喜极了，不敢说话，怕吓着它们。

等燕子飞出去，我对父亲说："爸，你看啊，我家来燕子了！"

父亲说："嗯，昨天就来过一次了，它们要做窝！"

"燕子来家吉祥！"父亲又说。

家乡人把燕子筑巢说是做窝。

"太好了！"我很开心。

接下来的日子，每天都可以看到这两只燕子在我家堂屋里飞进飞出，忙着做窝。父亲说，燕子做窝很辛苦，就像修房子一样，要用口水把泥和黏稠，和成像绿豆大的一粒一粒的小泥巴，然后才衔来垒，大了，重了，燕子都衔不动。

燕子那么小，要搭那么大的窝，真是太不容易了！

第五天的时候，我看见窝是棕色的，像个三角形。第十天的时候，我看见，窝从下往上，越来越高了。第十三天的时候，我看见，窝从左到右，越来越大，像一个半圆形的大碗。多么伟大的工程啊，我禁不住发出赞叹！

后来，燕子衔来了干竹叶，衔来了细鹅毛，将它们铺在窝里。父亲说，燕子要下蛋了。

果然，以后的一个星期，我看见那只大一些的燕子不爱出去，一直在窝里，可能它就是燕子妈妈。小的那只飞出去的时间要多一些，也许它就是燕子爸爸。

过了两个星期，燕窝里有响动了，传出了"呷呷"的声音。燕子宝宝孵出来了，有多少只还看不清楚。

这时，田坎上，高粱长高了，豇豆、绿豆牵起了藤，绕着高粱秆往上爬。水田里，秧苗长茂盛了，扬出了白花。燕子爸爸一会儿飞出去，一会儿飞回来，燕窝里雀跃的"呷呷呷"声此起彼伏。

七八天过去了！

这天，燕子爸爸和妈妈又飞出去觅食了。一会儿，它们双双飞回。当它们的爪子落在燕窝上时，窝里探出了五个小脑袋，张大嘴巴，"呷呷"叫着。哇，五只小燕子，好可爱啊！

自从燕子宝宝出世以后，我家的灰猫就爱蹲在堂屋的大门槛上，抬着头，偏着脑袋，睁着眼睛看，有时还对着燕子"喵喵"叫。

那天，燕子妈妈衔回来一条小虫子，飞得有点矮。路过门槛的时候，灰猫一下子跳起来，伸出爪子向上一抓，差点抓到了燕妈妈。父亲看见了，狠狠打了灰猫一顿。从此，灰猫就不敢蹲在门槛上了，燕子出入自由了。

又有三个七八天了吧，燕子宝宝都可以和燕子爸爸妈妈飞出去了。它们每天早出晚归，"呷呷"叫个不停，田坎上，水田边，桑树上，电线杆上，到处可以看到它们快乐的身影。

我家燕子很爱干净，每次要拉便便的时候就会将屁股伸向窝外，把便便拉在外面，落到地上。每天早上起床，都会看见燕窝下面的地上铺了一层绿白色的东西，那就是燕子的粪便。于是，扫粪便就成了我每天早起要做的事情。扫完了，还要用水洗。做完了这些，才能吃饭、上学。

八月，牛皮菜花谢了，结种子了。夏天的时候，它的叶子一直掰来喂猪，也可以做菜吃，牛皮菜烩胡豆是一道很美味的菜。黄豆、绿豆、茶豆、高粱都收了。新黄豆做的水豆腐是甜的，茶豆煮的稀饭是紫粉色的，很香。谷子也打了，稻田里堆起了一个个草垛，麻雀在田间觅食，燕子飞到南方去了。

冬天的时候，爸爸用竹子编了一个筐子，钉在燕窝下面，说这样就不怕燕窝掉下来了。

第二年的春天，燕子归来，看到了爸爸的善意，就把巢垒在竹筐上，很稳！

就这样，春天燕子来，秋天燕子去。它们美丽的身影，清亮的叫声，一直镌刻在我童年的记忆里。

每年，当布谷鸟声响起的时候，我就会想起那首歌："小燕子，穿花衣，年年春天来这里。我问燕子你为啥来？燕子说，这里的春天最美丽！"

洋母猪下崽

　　我家的洋母猪快要下崽了。

　　这时的它依然很漂亮！全身长着白毛，皮肤闪着健康的粉白色，挺着大肚子，走着优雅的孕妇步。作为一个就要下崽的猪妈妈，它也没忘记自己的身份，它可不是一只普通的猪，它可是洋母猪，它是我的爸爸顶着众人的议论和嘲笑，花了大价钱买来的。

　　去年，公社农技站要搞科技养猪，就进了一批洋猪，全是白猪，想叫社员们喂养，说这种猪饲养周期短，出栏快！但是，社员们平时养的都是黑毛猪，从来没有见过长白毛的猪。有人说，这哪是猪，简直就是怪物！大家都不敢喂养。但是我爸爸相信农技站，想喂养一头母猪。农技站就把唯一的一头洋母猪，十块钱便宜卖给了爸爸。在那个生活紧张的年代，十块钱那可是一家人一个月的口粮。人们都说我爸爸疯了，脑子有问题，把这样一个怪物弄回家，不知是好事还是坏事？还有人说，这是做样子，他家三娃不是在农技站吗，还不晓得在搞啥名堂呢？

妈妈也很担心，买这一头洋母猪，要卖掉我家的五只鸭，五只鸡，一挑麦子，还有我的一窝兔，这不倾家荡产了！

我很舍不得我的一窝兔，五个崽崽才三个月大，黑亮亮的眼睛，直立的耳朵，麻麻的毛毛，毛茸茸的。它们和麻兔妈妈爸爸住在我爸爸编的竹篮里，竹篮钉在厨房左边的墙上，下面有一个接小便的槽。兔子爱打洞，特别是要生崽崽时更打得凶，把我家的地下都打了好多洞，每次爸爸用泥堵上，不多久，又被它们刨开了。

前阵子，三哥给我带回来两只北京兔，一公一母，全身雪白，两只耳朵又长又立，眼睛就像两颗红宝石，很漂亮。就是很凶，经常咬麻兔，还咬人。有一次，我喂兔子吃草，我先给麻兔吃，没给它们，那只公北京兔就生气了，长开嘴巴，一口咬到我的脚背上，咬了一个洞，肉都翻开了，血直流！要是换到现在，爸爸妈妈就赶紧要把我送到医院打狂犬疫苗了。那年代，没这条件，爸爸就用了一点云南白药敷上去，用麻布包上，没过几天就好了，命可真大呀！现在脚背上还有一块疤呢！

后来，我在三哥带回家的一张报纸《参考消息》上看到一条消息，说兔子恐高，把兔子放在高处喂养可以消除它们打洞带来的烦恼，还有，兔子也不能乱撒尿了，因为，尿都接在小便槽里了，家里也干净了。我就叫爸爸用竹子给麻兔、北京兔都做了一个竹篮，钉在墙上，分开装，这样北京兔就咬不到麻兔了，也咬不到我了。爸爸也同意了，反正厨房很大，占不了多少地方。

果然，自从住在竹篮里以后，北京兔就不那么爱跳了，麻兔妈妈和爸爸不久就生了一窝崽崽，有五只呢！

那天，我割草回来，准备给兔子喂草。走到竹篮边，哎呀，我看见地上有一个肉唧唧的小东西在爬，浑身没有一根毛，我吓坏了，大声喊："妈妈，快来呀!"妈妈正在堂屋切猪草，听到我尖利的叫声，立刻放下菜刀，跑到厨房。

"怎么啦?"

"妈，怕，老鼠!"

"哪有老鼠啊?"

"地上!"

妈妈一看，说："哟，这是兔儿! 兔子下崽崽了!"

"兔儿?"我从来没看见过刚出生的兔子，真的太吃惊了!

我看见妈妈双手捧起兔儿，兔儿比妈妈的大拇指大一点点，皮肤几乎是透明的，里面的血丝都看得见，没有眼睛! 哦，有眼睛，妈妈说刚生下的兔子眼睛还没有睁开，过几天就睁开了。

于是，我天天到山上找蒲公英草给兔妈妈吃，听五婆说这种草吃了长奶水，还拿米汤拌糠，拌青草给它吃。兔妈妈吃得好，奶水多，兔宝宝也长得胖嘟嘟的。转眼就三个月了。

现在，爸爸要买洋母猪，还必须卖掉这一窝兔钱才够。昨晚，爸爸和妈妈商量时问我同不同意? 虽然舍不得，但我知道，买洋母猪才是大事，就同意了，爸爸说我懂事。

过了两天，爸爸就从公社把洋母猪牵回来了。村里人都赶来围着看。

你看那洋母猪，全身雪白，长长的嘴巴，长长的身子，大大的肚子，差不多都垂到地上了，这是能生崽的标志! 尾巴细细的，打成了一个小卷卷，很漂亮的样子! 为什么说它是怪物呢?

洋母猪和我家老牛住在一间屋子里，屋子分成左右两边，左边是猪圈，右边是牛圈，中间是厕所。猪圈干净整洁，明亮，洋母猪很喜欢这个新环境。

过完年，洋母猪变得不耐烦了，总是叫。爸爸说这是猪发情了，要赶紧配种。

后面湾子里的聂大爷把他家的那头种猪牵来了。这头种猪黑毛，尽管长得矮，长得小，但精干，已经做过很多交配了，有多少崽崽都数不清了，是远近闻名的香饽饽！凡是有猪需要配种的人家都叫它。

可是，种猪见了我家洋母猪后，不敢靠近，吓得远远地躲着发抖。我家洋母猪呢，对着种猪又叫又踢，更是不愿意！

怎么办呢？爸爸犯了愁。猪配种是不能错过发情期的，否则，就要等下一轮了，这样就有损失了。村里有人幸灾乐祸，看笑话了，不能下崽，不就真养"老母猪"了？赔本了！

晚上，三哥回来了，对爸爸说："可以人工授精！"

"啪!"三哥话音刚落，爸爸一巴掌打在三哥脸上，顿时起了五个红指印。

"你个混账东西!"爸爸很生气地骂三哥。

"打我干什么呀？是可以人工授精的嘛，还可以多下崽崽!"三哥很委屈地说。

"还要乱说……"爸爸气得直发抖。

妈妈看见三哥挨打，很心疼，对爸爸说："你怎么不让三儿把话说完呢？"

三哥捂住被打得火辣辣的脸，说："这是科学养猪，将事先培育好的精子装在针里，就像生病打针一样，注入母猪的体内，进行人工授精，就不用种猪了，下的崽还更多。"

原来是这样！爸爸知道错怪三哥了，就问："这个能行吗？"

"当然能行!"三哥气鼓鼓地说。

"那你明天请公社农技站的人来!"

"要三块钱!"

"三块!"

爸爸不说话了,三块钱真的很多,到哪儿去拿呢?

我见爸爸妈妈都不说话了,就说:"爸,明天把我的北京兔和麻兔都卖了嘛,钱就够了!"爸爸抬起头,没说什么,只是用力地点了点头。

第二天中午,农技站的刘阿姨带着育苗来了,给洋母猪配了种,洋母猪不叫了。

三个月后的今天,我家的洋母猪要下崽了,全家一片欢喜!

一大早,天还没有亮,母亲就起床,刷锅,煮饭。

今天煮的是干饭,还熬了红苕粥,炒了红油菜薹、春不老,烩了香菜胡豆,炖了豌豆腊猪蹄,因为今天我家的老母猪要下崽崽了,"接生婆"王阿姨要来,她是隔壁大队的兽医,专门管猪啊、牛啊、羊啊,生孩子下崽崽。

天都大亮了! 王阿姨还没有来!

洋母猪在猪圈里,急躁地转来转去,嘴里发出"哄哄哄"的叫声。母亲舀红苕稀饭喂它,它也不吃。

爸爸担心极了,不停地到村口张望,看王阿姨来没?

"叽……"一声猪号,我家的洋母猪终于生下了第一个崽,和它一样,粉白的皮肤,长着雪白的毛。紧接着,第二个,第三个,第四个,第五个……还有第六个,哇,下了六个崽! 好多啊! 以前的黑毛猪最多两三个,太厉害了!

"叽叽叽……叽叽叽……"母猪尖声地哀叫着,我看见,两行眼泪从母猪的眼里流了下来。

我说："妈，母猪哭了！它怎么啦?"母亲一直守在母猪的旁边，我也在，其他的男人是不能进来的。

"母猪的猪衣包还没掉下来!"母亲说。我听人讲过，猪衣包就像人的胎盘，母猪下崽的时候，猪衣包掉不下来就会死掉！

母亲一直在给母猪顺气，摩肚子。母猪喘着粗气，慢慢地，猪衣包掉下来了，好大一坨！

"谢天谢地!"母亲喃喃自语，用稻草捆好猪衣包，放在一个箢篼里，喊了一声："老汉!"母亲都这样叫父亲。

听到叫声，父亲迅速跑了进来，看到猪圈里白花花一片，洋母猪躺着，六个崽崽正围着猪妈妈吃奶呢！

父亲高兴极了，把猪衣包拿出去挂在旺坡的柏树枝上。

中午，爸爸喝了酒，那是沱牌曲酒！

整个村子炸开了锅，三娃家洋母猪下崽了，六个！

少时不懂《游子吟》

明天，5月10日！

以前，没关注过这个日子。

今天，无意中看到一个抖音视频《富女儿穷女儿》——母亲生日到了，三个女儿来给母亲贺寿。

母亲早早地就在大门口等候。

一会儿，巷子里开进了两辆车。大女儿从宝马车里下来，手里拎着一盒礼品。见了母亲，把礼品给了母亲，又从包里拿出一张银行卡塞到母亲手里，紧紧地拥抱母亲。然后，把礼品拿进了家。母亲小心地将银行卡揣到裤兜里。

紧接着，二女儿也从奥迪车里下来了，双手提着两盒名贵的冬虫夏草，见了母亲，把礼品放在地上，开心地拥抱了母亲。然后，也把礼品拎进了家。

可是，母亲没有进屋，她一直站在大门口张望。

这时，在巷口出现了两个人：一位衣着朴素的年轻妈妈，左手提着一篮鸡蛋，右手牵着一个小女孩走了过来，她就是三女儿。

母亲看见了，连忙迎过去，左手牵起小女孩的手，右手从三女儿手里接过篮子，让她们进屋。可是，三女儿看了看门口的两辆车，摇了摇头，不肯进去。她们在门口推搡了好一阵子。三女儿可能哭了，不停地用手擦眼睛。

母亲见三女儿怎么也不肯进屋，就把篮子放在地上，从裤兜里拿出银行卡，拉起三女儿的手，把银行卡交给她。三女儿说什么也不肯要，推了好久。最后，母亲把银行卡使劲往三女儿手里一塞，提起一篮子鸡蛋进了屋，关上了大门。

大门关上了，三女儿左手握着银行卡，右手牵着孩子，一步三回头，离开了。

当三女儿转过巷口的时候，大门又开了，母亲踮起脚尖，伸直脖子，望着三女儿离去的巷口，望了很久很久……

看到这儿，我泪流满面……

想起自己的母亲。她知道她的生日时我还没有放假，不能回去，所以，每年快到暑假和寒假的时候，母亲就开始盼望，盼望我回家！尤其是过年的时候，从腊月开始，母亲就开始盼望，一直到三十晚上。

那时，通信还不够发达，家里没装电话，更没有手机。

父亲说，每年三十早上，母亲五点钟就要起来上街买菜，提前准备。母亲担心我到家看不到她！买菜回来，母亲一边在厨房做饭，一边叮嘱父亲："老汉，你赶快到堂口看看五妹回来了没有？"

中午，该吃午饭了，可是我还没有到，哥哥们都说："娘，吃饭了吧，妹，今年不会回来了。"

"嗯，再等等，万一五妹堵车了呢?"

一直等到下午两点还不见我回来，母亲就会说:"好，我们先吃，五妹可能下午才会回来!"

午饭吃了，洗完碗筷，母亲就会忙着做晚饭，说:"晚上要多做一点新鲜菜，五妹爱吃!"

早早做好了晚饭，母亲就会拿着麻篮，端一条板凳坐在堂口搓麻线，一边搓一边抬头看对面的圆山坝，那里有一条公路，只要我一冒出头来，母亲就会看得见。

直到太阳落山，天黑透了，万家灯火亮起来了，母亲知道，今年她的五妹不会回来了!

于是，母亲扶了扶老花镜，一边端麻篮，一边喊:"三娃啊!"三娃是我三哥，"给你家阿亚说，把菜热一下，我们吃饭了!"我家哥哥们管爸爸叫阿亚，管妈妈叫娘，我也不知道为什么? 爸爸妈妈也没给我说过。

吃完晚饭，母亲就会说:"今年火车太挤了，五妹肯定没有买到票，明年叫五妹早点买!"

明年，我真的回家了!

母亲开心得脸上的皱纹都是笑着的，每天做这做那给我吃。我想帮母亲烧烧火吧，母亲总是说:"闺女是回家来歇气的"，不让我插手。

年过完了，我该走了!

母亲打开柜子，把夏天种的、洗得干干净净、晒得干干的一小缸花生拿出来，用口袋装好，说:"这是我五妹最爱吃的生花生!"

终于，我要走了，去城里赶晚上的火车!

　　母亲提着沉甸甸的花生口袋，一路和我说着话："到家后，不要挂牵，我好得很！"

　　到公共汽车站了，我说："妈，您回去吧，一会儿天黑了。"

　　"不急，车来了我再走。"

　　车来了，我登上了车。

　　母亲把花生口袋递给我，说："不要细着吃，明年，我还给你种！"

　　车发动了，母亲站在站台上，不肯走！

　　车转一个弯了，我一回头，看见母亲正站在车站边那个高高的山头上，踮起脚，望着我的汽车远去的方向，望着望着……

　　每当这时，我的眼泪就会夺眶而出，心里说："妈，明年，我早点回来！"

　　少时不懂《游子吟》，读懂怎报"三春晖"？

　　现在，母亲已离开人世很久很久了！

　　今天看到这样一个抖音视频，从头到尾，虽然没有一句人物语言对白，然而，里面的情景是那样的熟悉，"可怜天下父母心，手背手心都是肉"。母亲，能说什么呢？儿女又能说什么呢？

　　明天，5月10日，母亲节！

　　在此，我想对母亲说："母亲，女儿很好，勿念！"

割麦季节

今日，一则微信《二十年前的割麦童年》再度勾起了我的乡愁。

二十世纪六十年代，因气候原因，盆地的春天总来得很晚。

已近三月，还青黄不接。胡豆、豌豆花谢不久，果实还未饱满。偏偏，母亲在这样的时节生下了我。

小时的我黑瘦黑瘦的，尽管是木家大小姐，也不讨奶奶的喜，奶奶说这孩子太瘦养不活的。所以，小时，我是尽量远离奶奶的。

好在，我是父亲的宝。父亲说，爷爷喜欢我。我还未见过爷爷的面，他老人家就早早辞世。我的名字是爷爷取的，他说，如果木家生下第一个女儿，一定要叫子心，希望我不忘初心，是女孩子中最聪明的。

直到母亲连生三个儿子，之前，听母亲说还有一个姐姐的，可没有存活下来，所以，这个名字一直为我留着。为此，父亲一直埋怨母亲只会生儿子，不会生女儿。叔叔家也没诞下女孩儿。

当母亲生下三哥八年之后的一个春暖花开的三月，终于生下了我。母亲告诉我，当父亲看到母亲生下的是女儿时，说的第一句话就是："我终于有个五妹了！"

每每想起这些，我的心就暖融融的。我常笃定地想：我前世一定是花仙子，为感恩爷爷的一份情，在这青黄不接，但却花开灿烂的季节来到了木家。

想起我的父亲和母亲，每当割麦的季节总会对我说："哎呀，要是我家五妹这个时候生就好了，就有泥鳅粑吃了！"

于是，等麦子晒干后，父亲要做的第一件事就是担着麦子到磨坊磨面，回来为我炸泥鳅粑。这泥鳅粑其实有点像油条，只不过短细，样子像泥鳅，我叫它泥鳅粑。

叫它泥鳅粑的原因，还因为我爱吃泥鳅，不喜黄鳝。我怕黄鳝，它看上去像蛇一样恐怖。

父亲最疼我，也最迁就我。

在割麦的季节，也该插秧了。水田耙得很平，秧苗才插下去，很短，稀稀疏疏，看见的只是汪汪的浅水，和水底的细泥。

这时的晚上，月明星稀。父亲白天已用竹子扎好了扎泥鳅的排针。母亲早早做好晚饭，吃过之后，父亲就会说："五妹，提上那个篓子，晚上我们去扎泥鳅。"

乡村的夜晚，那么静！

虫儿在草丛间啾啾地叫，青蛙声此起彼伏。此时的泥鳅最爱钻出来，你用灯照着它，它动都不会动一下。

我提着篓子，父亲掌着马灯，别着排针。我们行走在田埂上，仔细看着一块块水田，发现有泥鳅，父亲一排针扎下去，就扎着了。差不多有十来条了，父亲就会说："够了，够我五妹吃了。"

因为，我总怕滑溜溜的东西，所以，每次炒泥鳅时，父亲不是炒，而是煸，一定要煸干，不让泥鳅有一丝滑腻感，然后放上盐，浇上醋，才出锅。

当然，吃的时候，也是我优先，三哥只能吃头。为此，三哥很生气，常趁父母亲不在时指使我干活儿。

谁叫父亲那么偏心呢？在这割麦的季节，厚此薄彼！

14

哥哥

有多久，
在我们记忆的深处，
有过这样温暖的画面——

今天在肯德基，
看见一个小男孩，
剪着短发，
穿着白短袖衬衫，
穿着蓝短裤，
穿着小黑皮鞋，
大概五六岁，
从附一楼楼梯处，
很困难地冒出了头，
哦！
他还背着双手，

向前方走去。

我抬眼一看，
哎哟，
他竟背着一个更小的，
光着小脚丫的小男孩。
小男孩伏在他背上，
歪着头，
睡得很熟。

而小男孩反钳的双手里，
却紧紧地，
紧紧地，
攥着一双，
小小的，
小小的，
小皮鞋……

霎时，
我百感交集，
多温暖的哥弟情呀！

为此，书写一文，献给天底下最好的哥哥，因为，他让我懂
得了一份责任，一份担当，让我一辈子如格桑花般幸福！
因为前世的缘，我们还有一段未了的情，感谢佛让我做了你

的弟弟，请让我郑重地叫你一声——哥哥！

那是格桑花开放的季节，在母亲肚子里孕育了十个月的我，在一个晴朗的早晨，随着一声惊喜"是弟弟！"来到了人间。

我睁眼看见的人除了慈爱的母亲，就是偎在母亲身边满眼笑意的你——母亲说，这是哥哥，叫哥哥。

以后的日子里，母亲忙着做工，就把我交给你，叫你好好照顾我。

哥哥，你八岁，还没有我家灶台高！每次出门时，母亲总叮嘱你——弟弟饿了煮粥给他喝。

那天，我很淘气，说啥也不肯喝。你没办法决定背我去找母亲。你知道，母亲就在对面。抬眼望去，还能看见母亲挥舞锄头的身影。可是，出门时，你怎么也找不到锁门的钥匙。无奈，你只好把门掩上，匆匆背上我去找母亲。

伏在你暖暖的背上，哥哥，我觉得好安心。

等我吃饱喝足，你背上我一路急急赶回家，没想到全家人一年的口粮——红薯被人刨去了大半。母亲气了，用竹条狠狠打你。哥哥，我看见你腿上的脓疮被打出了血。父亲回来时，更气得不行，他抄起烧火的火钳向你扔来，只听"啪"的一声，哥哥，我看见你的脚背肿起了好大的包。你哭了，你对母亲和父亲说，下次再也不敢了。哥，这都是我不好，怎么能怨你？

还有那次，涨春水了，池塘里有好多鱼，一排排游到岸边。我要网鱼。你拿着鱼笊来到塘边，卷起裤腿下到塘里，看见有鱼就用鱼笊去网。由于水涨得急，你一踉跄栽倒在池塘里。你拼命扑打、呼喊，若不是邻家梁叔看见，哥哥，我不知现在还能否见到你？

　　时光荏苒，哥哥，我已成人。如今，我仍依恋你温暖的肩背。人人都说长兄如父，哥，你就是我的山，你用你小小的肩背驮起我儿时的记忆，让我从此最企盼看见格桑花开放的日子，若有来世，我还想做你的弟弟，再续一世情缘……

15

月亮，爬上了橘子树

屋后那片园子，真的好大！

妈妈说，要栽蔬菜。爸爸说，要栽栀子花，栽橘子树。

妈妈说，栀子花、橘子树无用，不可以当饭吃，还是栽蔬菜好。

爸爸说，五妹爱看栀子花，爱吃橘子，栽栀子花、橘子树好。

终究，爸爸是一家之主，说了算。于是，屋后的园子里，绿茵茵一片，矮的是栀子花，高的是橘子树。那是爸爸从农技站买回来的树苗，为的是五妹喜欢。

五妹在镇上读书，学校旁边有一大片橘子林。

春天的时候，橘子树开了花，那花洁白晶莹，五妹喜欢，就是花朵太小了点，才有小指头尖大。五妹说，要是花朵大一点就好看了。

秋天的时候，橘子林的橘子黄了，一大片一大片的。五妹说，那是晚霞落到橘子林了，飘出了酸香的味道，好好吃哦！

五妹的话，爸爸记在心里！

没和妈妈商量，发了工资，爸爸就把所有的钱买了栀子花和橘子树苗。

去年爸爸就在农技站的苗圃里看见过栀子花，花开得又大又白，他知道，自己的五妹一定喜欢。

爷爷在世的时候，也对爸爸说过，木子家的大女儿是花儿。老来得女的爸爸，从此笃定自己的五妹就是花仙子，一定要在园子里种满花。

"蜀国花已尽，越桃今又开。"

五月的时候，栀子花开了满园子！五妹开心地在园子里跑，笑声飞到了橘子树上。妈妈把栀子花摘下来，做成香囊给五妹戴上，整个五月，五妹走到哪儿，都是香喷喷的。

五月过了，橘子树还没结橘子。五妹天天去看，总爱问爸爸，橘子树好久才结橘子呢？

爸爸说，等月亮爬上橘子树的时候，就结橘子了。

于是，五妹就盼望着月亮快快爬上橘子树。

橘子树长大了，长高了！五妹也长大了，长高了！五妹离开了爸爸，离开了家！

秋天的时候，大雁南飞，哥打来电话，告诉五妹，爸爸说月亮爬上橘子树了，橘子可以吃了！

中秋月圆的时候，五妹回了家，却没见到爸爸。哥说，栀子花开的时候，爸爸就离开人世了！他不让告诉五妹，怕五妹担心，叮嘱哥，在橘子成熟的时候，告诉五妹，月亮爬上橘子树了，橘子可以吃了！

晚上，五妹来到屋后园子里，橘子树长得好高好大，黄澄澄的橘子挂了一树，又一树……

五妹听见爸爸笑着对她说："看，五妹，月亮爬上橘子树了，橘子可以吃了!"

五妹一看，真的，圆圆的月亮早就爬到橘子树上了，橘子飘出了酸香的味道，好好吃哦!

16

那色，那香，那味

打开记忆的大门，品品小时候的味道。

"天街小雨润如酥，草色遥看近却无。"

春天，万物复苏，绿草如茵，一派生机勃勃的景象，多美丽啊！

可是，在生活困难的年代，对于三月出生的我来说，三月是青黄不接的，妈妈常说我没选对季节。

你看，胡豆豌豆花才刚刚开过，金灿灿的油菜花也才凋谢，所有的果实都还没有成熟，你就急急地来到人间，和胡豆豌豆一起成长，难怪脸色不好看，像菜色，缺少红晕！所以，我不爱吃胡豆豌豆，它们到成熟时也没有变红过，担心自己吃了，小脸变成胡豆豌豆色。

妈妈说，如果是夏天出生就好了！就是番茄色，红扑扑的。

番茄就是西红柿，小时在家乡我们都叫它番茄。春种下，开花，夏结果。一开始，果实是绿的，慢慢地由绿变黄，最后，完全变成红通通的了！

妈妈每次上街，都要买番茄回来，说："五妹吃了，脸就变成番茄色了，好看！"

那时，没有白糖，妈妈买回来，用清水洗洗就吃。咬一口，一股番茄的清香扑鼻而来，甜甜的。小嘴包不住，汁水顺着嘴角流。番茄里面，红红的肉汁里，有一些淡青色的籽籽，我不敢吃，怕吃了脸变成籽籽的颜色。

"不要紧，番茄籽籽吃了不会变成青色的。"妈妈肯定地说。

于是，我就放心吃了。

夏天，番茄的颜色留在了记忆里，红红的，香香的、甜甜的。

如今，已是盛夏，提着菜篮逛菜场，红红的番茄也很多，可却闻不到那股香香的、甜甜的味道了。

一个朋友说："隔着大棚看夏天，大棚让蔬果乱了四季！"这句话，说得好有道理！

菜篮子丰富了，一年四季，天南地北，科学种菜，反季节里，吃啥也有啥，一点也不稀奇！但为什么，大家怀念的总是小时候的味道呢？

就像昨天，闺蜜给我说："关注这个微信，可以买西红柿，小时候的味道！"

我加了，老板说："要等呢，还在土里。"

等了好久，终于，有消息了。

买来一尝，还是差点小时候的味道，一点点——

那色，那香，那味……

泥鳅粑

五月五，是端午！

故乡的端午是麦香味的！

小时候，端午是要吃泥鳅粑的。泥鳅粑，像油条，不过比油条短一点，样子像泥鳅，我叫它泥鳅粑。

制作泥鳅粑的原料就是面粉。生活紧张的年代，面粉是主食，一日三餐有个面糊糊吃，家境就算殷实的了。做泥鳅粑，一年一次，只有端午节才能享受那样的奢侈。

这天，爸爸早早地就挑着新麦到磨坊磨面，新麦子面粉很香！等爸爸磨面回来，母亲拿来一个缸钵，舀几碗面粉放进去，加入水、白糖，和好，不用揉搓，因为只不过是比浆水黏稠一点的浆浆而已。然后，在铁锅里倒上新鲜的菜子油，妈妈烧起柴火，油锅里冒出了青烟，油辣了，就是油热了，爸爸用勺子一勺一勺地将面糊糊放进油锅里炸。就听锅里发出"嗞嗞嗞"的声音，冒出了一个个的小泡泡，那麦子的香味飘了出来，钻进了我的鼻子，好香啊！我的口水流了出来，直往两腮涌。

爸爸说："想吃了吧，一哈儿就可以吃了！"

一会儿，泥鳅粑炸好了，金黄金黄的，像一条条胖胖的小泥鳅。爸爸用筷子夹了一个放在碗里给我，说："小心吃，烫！"

"妹！"三哥在堂屋叫我。我知道，三哥也想吃的，可他不敢叫爸爸拿。我家家规严，一日三餐都要摆在八仙桌上，规规矩矩地吃，长辈不动筷子，小孩子是不允许动筷子的。今天为端午，中午是要从二叔家请阿婆过来过端午的(阿婆就是奶奶，我们叫阿婆)。

我端着碗来到堂屋，三哥正在八仙桌上写作业。我说："哥，吃泥鳅粑！"

"我尝尝！"三哥拿起泥鳅粑，咬了一口，"嚓"的一声，好脆哦！

"好吃吗？哥。"

"好吃！"

"你也吃，妹。"

"我不吃，刚才我在厨房吃了的，哥。"

"嗯，泥鳅粑真好吃！"吃完了，三哥一边抹嘴一边说，然后，就去紫金湾接阿婆了。

我把碗拿进厨房，爸爸说："吃完啦，好吃吗，还吃不？"

"好吃，不吃了。爸，等阿婆来了再吃。"

中午，三哥把阿婆接过来了。

八仙桌上已经上好了菜，泥鳅粑装在瓷钵里，摆在桌子的正中，油闪闪，黄亮亮的。阿婆都说香！

我也吃了好多。爸爸手艺好，泥鳅粑外面酥脆，里面软软的，吃着甜甜的，好好吃哦！

现在，泥鳅粑已经成为了记忆，我的记忆！

今天又是端午了，肉粽，蛋黄粽，冰淇淋粽……摆满了桌子，又多又精致。吃着，总感觉没有泥鳅粑好吃。

嗯，故乡的端午是麦香味的。

梦里有了桂

知道"桂"，还是在童年。

那也是八月的天气。

夜晚，天空总是很高。接近中秋，月亮越发的圆，但天气仍然闷热闷热的。在童年的记忆里，家乡的夏天和秋天似乎没什么区别。

晚饭后，大家都喜欢坐在院子里纳凉。小孩子们早早地把凉席铺在了院子里，并在凉席前面摆了一张有把手的竹椅，这张竹椅是为五婆准备的。

五婆是南院梁平家的奶奶，七十多岁了，头发全是银色的，挽着发髻，用一根银簪别着，那银簪像五婆的头发一样闪亮。

在我们那个大四合院子里，住着四户人家：西边陈文家，有两个小孩儿，男娃叫波波，女儿叫芳芳；南面池塘边住着梁幺叔家，五婆就是梁幺叔的母亲；叶大爷一个人住在北院，他没有孩子；我家住东边，院子后面有许多竹林。

五婆是我们这个四合院里故事最多的人，听大人们说，五婆读过私塾，年轻时很美。

关于"桂"的故事，就是五婆告诉我们的。

月亮里有一棵很高很大的桂花树。这棵桂花树非常神奇，不但枝叶茂盛，桂花开放的日子香飘万里，而且永远也砍不断。

一天，吴刚犯了天条，天帝发了怒，把他发配到寂寞的月宫，命令他在广寒宫前伐桂树，只有砍倒桂树才能免罪。

可是，吴刚每砍一刀，刀起的时候，树马上又长合拢了。吴刚砍啊砍啊，怎么也砍不断，所以，他只好不断地砍下去。

说完，五婆指着月亮说："你看，月亮里那个黑乎乎的细细的东西，就是桂树。旁边那像石头似的人就是吴刚，他还在砍树呢！"

"哦，真的吗？"我们顺着五婆手指的方向看去，月亮里好像真的有桂树，有吴刚呢！

"五妹，睡觉了！"母亲一声喊，我赶紧起身回家。

于是，大家都进了屋，随后响起了一阵阵关门声：

"嘎吱……"

"吱嘎……"

啾啾虫鸣，呱呱蛙叫，月亮躲进了云层，晚风送来了荷塘的清香……

从此，梦里就有了"桂"。

又到了八月。

秋高气爽，远山顶着了天。天蓝蓝的，云朵很白，很白，从没有这么安静，这么美丽。

知了热得不行，"知了知了"地叫着。偶尔吹来一阵风，风里夹着一股香气，很香很香，那是院子里的桂树开花了。它的花，那么小，开了一树，两树……

院子里家家窗户敞开着，桂花的香气随着风进了你的家，我的家，他的家……

树下，铺了一地金色的香桂，小孩儿簇拥着，把香桂装进了花瓶里，装进了花袋里。于是，每个人的身上都像洒了香水一样，香喷喷的，连吐出的气里也裹着香味。

我仰望着天空，才明白，原来，云朵是被桂熏醉了……

哦，桂！

19

幸福

　　中午，妹打来电话："姐，晚上有安排没？没的话过来吃饭，你弟说给你弄鱼！"

　　"好！"

　　到了妹家，同往常一样，天南海北，总要和弟闲聊一阵。

　　妹在厨房忙着洗菜，洗得仔细。那白菜秆在我看来还嫩着呢，完全可食，可妹说太老，煮在鱼汤里不好吃。还有那红苋菜，买时已摘好，洗一下就行了的。妹却不停埋怨应该买没摘过的，这个太碎，太粗了，都怪自己嫌麻烦，结果更麻烦了。

　　我说："可以的啦，你要求太高！"

　　妹说："不这样不行！你弟说生活要认真对待，姐来了更要仔细。"

　　好了，一会儿，我爱吃的蒸红薯、铁山药、玉米都熟了，素瓜豆也煮好了，散发着甜甜的香气。

　　妹对弟说："时间不早了，你来弄鱼吧。"

　　弟做菜有一手，得了父亲的真传，尤其是做鱼，工序讲究，吃味极佳,绝无腥味。真是前世修来的福,今生遇到了这么好的弟、妹,时不时就会打个电话来,请姐姐去品尝他最近的手艺。

弟在厨房,一阵乒乒乓乓后,火锅端上了桌,酸汤鱼!那酸汤自制调料,有一股木姜子的味道。

弟说:"木姜子是天然的防腐剂,加了木姜子,食物一般容易保存,并且汤料也鲜。"

哇,学问太多了。

火锅冒出了热腾腾的气,鱼熟了,弟叫妹把鱼捞起来,把泥鳅放进去煮。

我说:"什么?泥鳅!"

弟说:"是呀!泥鳅是水中人参,今天我买了一点。"

我的心顿时涌起一股暖流。

这是几十年前的事了。

小时,割麦季节父亲晚上带我到稻田里扎泥鳅,父亲炒泥鳅给我吃,只准哥哥吃泥鳅头,惹哥生我气,趁爸妈不在指使我干活的情景不禁浮现眼前……

我说:"弟,这是姐离开家乡三十多年第一次吃泥鳅呢!小的时候,在老家爸爸最喜欢炒泥鳅给我吃,我最爱吃爸爸炒的泥鳅了。"

"哎哟,姐,真的呀!"妹说,"看来,你弟和你有感应。明天是父亲节,难怪你弟非要叫你今天来家吃饭不可!"

这顿饭,五味杂陈。

从未与弟妹谈起过自己喜欢吃泥鳅的事,然而,却在这样的日子里,暖暖地让我泛起童年的记忆……

在遥远的他乡,自己原来是这样的幸福!

哥的留言

哥，明天就要走了。

晚饭后，我像平常一样，收拾完厨房，来到书房，坐到电脑前。

哥开始收拾东西，装行李箱。

每次出门，哥都是自己整理行李，我的也是哥给整理的，他总说我弄不好。

行李箱摆在客厅里，哥从衣柜里把衣服一件一件拿出来，厚的，薄的，长的，短的，叠放整齐，用透明衣袋分开装起。

房间里，客厅，爬上爬下，蹲下又站起……哥忙个不停。

"发什么呆呢，电脑也不开。"哥啥时进了书房，我都没有发现。

"哥，你这次要去好久哦！"

哥是很细腻的人，看见我这情绪，笑了，说："也没多久的，要回来的。"

"嗯……"

"唉，我的那本《传习录》呢？我想带下去再看看。"哥在书柜里翻找。

"哦，那天我整理书柜，不知放哪儿了，一哈我找找。"

"好，我还有点事情。"说完，哥走出书房，去做其他事情。

我站起来，走到书柜前。挨着书格找，下面几排都没有。放到哪里了呢，哦，想起来了，这本书哥看过的，放到书柜顶上了。

我的个子是够不着书柜顶的，就像小时候，我想抱青冈树，三哥说我："妹，你的手杆太短了！"我抬来一把椅子，爬上去，站在椅子上，感觉一下子长高了许多。"呵呵呵……"我笑出了声。小时候，为什么不拿根绳子在手上，两头拉起，就可以抱住青冈树了呀，真傻！

"你干什么？"听到笑声，哥走了进来。看见我站在高高的椅子上，踮起脚在书柜顶上翻东西，连声说，"那么高，别摔着你！"

"嗯，我找《传习录》……"

"我来，你下来，慢点。"哥扶着我下来。

"喽，这不是吗？"原来，书在第一格里，我咋没看见呢。哥说，"你在走神。"

说到走神，哥又开始唠叨我了："做事情要专心，不能东想西想的，烧开水，注意水扑出来；过马路，不要玩手机；出门一步三回头，检查水、电、气、门，关了没？"

"哥，你说错了，是一步四回头。"

"还五回头呢，出门记得带钥匙！"哥笑了，把《传习录》放进了箱子里。

"嘀嘀嘀……"

"哥，你干吗呢？"

"我把闹钟给你调起，免得你睡过了头，迟到！记住哈，背后这钮钮往上推，是开；往下扒，是关！"怕我不明白，哥把闹钟拿到书房来，演示给我看，"如果你实在不明白，就看屏幕上的这个标志，有个铃铛出现，就是开着的。"

"知道了，哥！"

我有些困了，就先休息了。哥，还在整理东西……

第二天我要值勤，早晨，要早起。

六点半，我就出了门。

八点钟，车才来接哥。

中午的时候，哥打电话告诉我，他已经到了！

这天，天气很热。

下午下班的时候，回到家，已经口干舌燥了，好想喝水。平常我和哥在单位，都喝矿泉水。回到家，哥说要自己烧开水喝。

我把包包放在架子上，准备到厨房烧开水。一回头，看见餐桌上摆着我的茶杯和保温杯。

"杯子，昨晚洗了，不是放在碗柜里了吗？"我很纳闷，揭开茶杯盖子一看，里面装有半杯水，还放有几片茶叶。我的心里顿时涌起一阵暖流——

我爱喝茶，晚上也有这习惯。这是哥给我泡的茶，只放了几小片，担心茶浓喝了影响睡眠。

我端起茶杯，茶水还有点温温热，散发着淡淡的茶香。我喝了一口，啊，好喝！

"哥，真好！"我想。

这一晚，我睡得很香很香……

梅花少年

（一）

老屋前有一棵梅花树。树很高，齐了屋顶。

冬天的时候，梅花树打了花苞。花苞很鼓很胀，挂了一树。

小寒一过，天上飘起了雪花，窸窸窣窣的，虽不如北方林海雪原那般迷迷茫茫，可在这南方小镇里，是难得的景象。

少年就住在这老屋里，和奶奶一起。

奶奶六十多岁了，头发白了，脸上也有了许多皱纹，牙掉了几颗，吃东西也不方便了。

少年和奶奶住在老屋的二楼，他的书房和卧室都在二楼的南边。绕过石板地客厅，在西厢房的旁边，是一个木制楼梯，很结实，枣红色的扶手泛着灿灿的亮光。少年喜欢骑在泛着灿灿亮光的扶手上，一声"走了"，就看见一个满脸绽着笑容的阳光少年，如天使一般降落下来，"咯咯"的笑声飘过屋顶，回荡在苍穹。

厨房里，奶奶正在做饭。

应着这笑声，奶奶喊道："憨憨，又在滑楼梯呀，小心摔着了！"

"放心啦，奶奶，摔不着！"

"噔噔噔"，一溜烟功夫，少年来到了厨房，踮着脚尖，探着头往锅里瞧。

"煮什么呢？奶奶，好香哦！"

"你最爱吃的土豆！"

"真的吗？我要吃两个！"

"好好好，吃两个！"奶奶习惯性地用手摸了摸少年的头，笑盈盈地说，"就你嘴馋！"

一会儿，土豆熟了。奶奶揭开了锅盖，一团热气四散开来，少年看见，热气里的奶奶就像一位慈祥的老神仙。

奶奶用筷子夹起两个最大的土豆放在陶瓷碗里，少年伸手就去拿。

"别急，别急，小心烫着。"奶奶叮嘱着少年，一边吹气，一边给土豆剥皮。

少年就这样看着奶奶给土豆剥皮，一层，两层；一圈，两圈。哦，土豆金黄的肉露出来了，散发着诱人的芳香。少年咽下了好几口口水。

"好了，终于剥好啦，可以吃了。"奶奶笑着把土豆递给了少年。

吃着香喷喷的土豆，少年说："奶奶，你不吃吗？"

"哦，我一会儿吃!"

(二)

坐在窗前，望着院子里那棵结满了骨朵的梅花树，还有那满天飘舞的雪花，少年的思绪飘到了很远很远……

那是一个特殊的年代。西门外，有一座老旧的平房，房主人是一位剪着短发的年轻漂亮妈妈，带着一个不满周岁的孩子，每天食不果腹，丈夫也到乡下了，日子真的太难熬了!

这会儿，她焦急地从门缝里悄悄张望，口里喃喃道："小叔怎么还不到呢?"

"笃笃笃"，屋外响起了敲门声，年轻妈妈急忙趋步上前，侧耳贴着门，轻声问道："谁呀?"

"是我，嫂子。"

"哦，是小叔来啦!"年轻妈妈赶紧开了门。

小叔个子矮矮的，瘦瘦的，背着一个帆布书包，穿着一件洗得发白的阴单布上衣，下面穿着毛蓝布裤子，略显肥大的裤筒盖住了崭新的黑色白边鞋。这双白边鞋，是少年的奶奶昨天才偷偷给小叔赶做好的。因为小叔已经十八岁了，奶奶说要穿像样点。昨天嫂子捎信给奶奶，叫小叔今天放了学后来接小侄儿憨憨。

走进屋来，小叔问："嫂子，憨憨呢?"

"在睡觉。您稍等一会儿，我马上给他穿好。"

"好的，嫂子，您忙!"

坐在木板凳上，环顾四周，屋里空荡荡的，除了自己坐着的这张木板凳，最值钱的恐怕就是神龛下的那张八仙桌了。小叔十分难过。

记得憨憨的爷爷、小叔的父亲在世的时候，他们家的日子过得很红火。

爷爷是个很有头脑的生意人，打小到绸缎行当学徒，手脚勤快，很会察言观色，深得掌柜的喜欢，还把平生经商的本事传给了他。此后，爷爷也做起了绸缎生意，往来于川镇之间。

慢慢地，家境渐渐殷实起来。爷爷置下了房产，娶了两房太太。二太太，娇小，长得好，娘家远在四川，是一位富家千金，育有两子三女；大太太，高大，平实，大方，家住乡下，虽是一位农家女，但贤惠能干，统领着整个家，育有四子三女，可算是一位英雄的母亲了，她就是少年的奶奶。少年的父亲是奶奶的次子，小叔是奶奶最小的儿子。虽然，奶奶没有多少文化，但她深谙读书的好处，经常对孩子们说："书中自有颜如玉，书中自有黄金屋。"所以，她把七个孩子都送进了学堂读书。

少年家家规严。自祖辈起，就把"家有万贯不如出个好汉"作为家训。女孩儿除了读书，还必须学女红，做家务，要贤良淑德；男孩儿读好书是不容置疑的，最重要的是要有所担当，要振兴家业。在少年的父亲和伯伯叔叔们都还小的时候，爷爷就对他们的将来作了长远的打算。学习之余，爷爷教孩子们如何经商、如何与人打交道。少年出生的前一年，爷爷匆忙地离开了人世。

"小叔"，嫂子的叫声打断了小叔的思绪，他回过神来，应了一声："噢，好了吧。"

"小叔，麻烦您把憨憨交给奶奶，这是奶瓶。"

小叔一看，这是一个白色的奶瓶，里面有一些白开水。他小心翼翼地从嫂子手里接过奶瓶，放在帆布书包里。然后，又小心翼翼地从嫂子怀里抱过小侄儿憨憨。憨憨只有八个月大，脸蛋小小的，蜡黄蜡黄的，裹在一个阴单布褓裸里，闭着眼熟睡着。

辞别嫂子，小叔抱着小侄儿憨憨来到了奶奶家。

从此，少年就和奶奶生活在一起。

（三）

奶奶家住在东门，是一座典型的南方木质四合院，有两层楼，四个厢房，都盖着青瓦。屋后是山坡，屋前是一大片园子，栽种着各种蔬菜。南边菜园里，栽种着一棵梅花树。这棵梅花树每到雪花飘舞的时候就会开出黄色的花朵，又香又美丽。奶奶说，这是爷爷从四川拿回来栽种的，已经几十年了。

和奶奶住在一起的有小叔、二伯一家，还有三姑爹一家。

小叔还在读高中，有学问，儒雅，是远近闻名的读书人。没有成家，一个人住在东厢房。每天放学回家，总是静静地坐在窗下做作业。奶奶做好饭以后，就会叫少年去请小叔上楼吃饭。

二伯一家关系有些复杂，奶奶安排他们住在西厢房，西厢房有四间屋子。二伯和二伯母育有一个女儿，已经十岁了，名曰"秀哥"。为何女孩儿称"哥"，少年至今也没有弄明白。不知为啥，前年，二伯和二伯母离了婚，少年没有见过这位伯母的面。去年梅花刚打花苞的时候，有人来说媒。今年梅花开放的时候，二伯又接进了一位二伯母。

这位二伯母比二伯小十五岁，身材高大，嗓门也大，泼辣、能干、勤快，尽管只读过小学，但口才极好，读过高中、素有才子之称的二伯可不是她的下饭菜。每天鸡还没叫，二伯母的嗓门就亮起来了："懒鬼，太阳都晒屁股了，快起!"听到这一声喊，秀哥一激灵从床上爬起来，梳头、洗脸，收拾停当后，二伯母已经把饭菜做好放在桌上了。吃完饭后，二伯把秀哥送出了门。

自从母亲和父亲离异后，秀哥很少和母亲见面，饮食起居都由新二伯母管理。父亲年岁也大了，秀哥很懂事，从不让父亲为难、操心，闲暇的时候，总是帮着二伯母做事。高中毕业后，秀哥认识了自己喜欢的人，结了婚，那年，她二十五岁。

十五年后，二伯母生了一个男孩儿，取名"小意"，小小的满意。老来得子，二伯自然开心，二伯母呢，更是精神焕发，走路时，把腰挺得溜直的，扇起的衣角只差没把人刮倒。二伯看不惯，说了句"没文化"，可把二伯母惹恼了——

"哼，没文化! 打雷下雨，雨过天晴，你以为我不晓得。天上的知一半，地上的我全知。"

"你，你……"二伯语塞。

"你什么你，有文化，去当老师啊?"

楼上，奶奶正在晾衣，听到二伯和二伯母又在吵架了，就喊了声："二娃啊，来帮我晾一下被单。"

二伯本想再争辩几句，听到奶奶的喊声，立即住了嘴，上楼来帮奶奶。

在家里，奶奶享有极高的威望。

爷爷去世后，奶奶挑起了统领这个大家的重任。内对儿女，孙子孙女；外对媳妇、女婿、外孙；远对四川二太太及其儿女，无不浸透了奶奶的心血。

在那样的年代，生活是极其艰辛的。缺衣少食，家家有困难，人人需要帮助，更何况是一个女人支撑的家呢？

在少年心里，奶奶贤惠能干，总是默默地把温暖传递给自己的亲人，是家里压不垮的脊梁。

奶奶有一个簸箕，里面装着许多针啊、线啊、布条啊。一有空，奶奶就戴上老花镜，拿起簸箕坐在椅子上开始做针线活了。奶奶做的白边鞋最好看，跟街上卖的没什么两样。家里大大小小、老老少少穿的都是奶奶做的。奶奶说，咱们没闲钱，买不起好的，但是咱可以自己做好的！在奶奶的影响下，姑姑、婶婶们都练就了一手好针法。尽管生活艰难，但奶奶家的孩子穿着都很齐整。每次做衣、做鞋，奶奶总忘不了给四川的儿女们备上一份，四川的儿女都视奶奶为亲娘。

奶奶做事精细，有计划。

少年最盼望过年。过年了，准备年货是最隆重的。院子里，梅花树刚开始打花苞，奶奶就忙碌起来。

最早是做汤圆面，高粱的、小米的、糯米的，都要先浸泡，泡好后再磨成粉，太阳底下晒干，然后装在事先准备好的罐子里。红罐子装高粱粉，黄罐子装小米粉，白罐子装糯米粉。

冬至以后，开始准备汤圆馅了。那段时间，家里天天香喷喷的，玫瑰、芝麻、引子(苏麻)、黄豆，先炒熟，放上糖，用春钵春成粉，捣成泥，分别装在小巧精致的花罐子里，什么时候想吃，什么时候去拿。

腊月二十七晚上，奶奶特别忙碌，她要把所有的糯米、小米、高粱、黄豆用大盆泡好，因为明天要蒸黄粑了。

二十八早上，少年还没有起床，奶奶家乡的亲戚——二表舅、三表叔、大表姨……七八个人，挑着大蒸笼，抬着垒槽、大锅、粽叶就来帮忙了。

在北厢房门前的院子里，一溜排开，用木板搭起一张案板，用砖垒起三个灶，架上锅，掺上水，淘好糯米、小米、高粱、黄豆，放在蒸笼里蒸。那蒸笼真高啊！少年踮起脚尖也够不着。不久，蒸笼冒出了腾腾热气，散发出浓浓香味，糯米、小米、高粱、黄豆蒸熟了。二表舅和三表叔力气最大，抬起蒸笼，把蒸好的糯米、小米、高粱、黄豆倒进垒槽里舂。

一时间，院子里响起了"嘭嘭"的打黄粑声。少年好奇，也想试试打黄粑。二表舅把舂棒拿给他，少年运足力气，抓起舂棒往上提，结果，一个趔趄摔在地上，他哪儿拿得动啊！奶奶嗔怪道："憨憨，别捣乱啦，在旁边等着哈，打好了给你黄粑吃。"

黄粑舂细了，软了，奶奶在案板上撒上黄豆面，二表舅和三表叔将舂好的黄粑团抓出来放在案板上，裹上黄豆面，开始不停地揉，揉到条状，有小碗口粗，大表姨拿来模子大菜刀，切成一个个均匀的圆柱体，紫的、白的、黄的，用粽叶包好，扎上线，再放到蒸笼里去蒸。

下午天黑的时候，糯米、小米、高粱、黄豆黄粑终于蒸熟了。打开蒸笼，香气扑鼻。奶奶拿了少年最喜欢的黄豆黄粑给他吃。少年一边哈着气，一边吃着黄粑。二表舅他们忙着帮奶奶把黄粑一个个搬上楼，摆在桌子上，成了小山，数都数不清。

晚饭后，二表舅他们要走了，奶奶不忘给每人捎上几个回去，说是给孩子们吃的。

第二天，黄粑彻底收汁了，奶奶又开始忙了。隔壁刘二奶喜欢吃高粱粑，送三个；高大伯最爱小米，也送三个；西门孙三嫂丈夫去世了，带着三个孩子不容易啊，送四个黄豆粑吧；我家小意、秀哥喜欢吃糯米，给五个；林子、琴哥喜欢高粱，也给五个好了……

一整天，少年陪着奶奶，一会儿在刘二奶家，一会儿又到了孙三嫂家，上灯的时候，祖孙俩提着空篮子回到了老屋。

此时，桌上的黄粑少年已经很容易数清了，刚好是他年龄的三倍——十八个！

看着坐在桌边数着黄粑的少年，奶奶笑盈盈地说："憨憨，跑了一天了，脚痛吗？"

"不痛，奶奶。明天，我还要和你去！"

"噢，明天我们不去了。这些黄粑给四川二奶奶留十个，剩下的，我们自己吃！"

"憨憨啦，你六岁了，过了年，你就可以上学了。"

"真的吗？奶奶。"

"真的！"

"太好了，我终于可以读书了！"少年开心地跳起来。

奶奶笑了，就像树上盛开的梅花一样好看。

（四）

九月，玉米黄了，高粱红了，少年上学了。

他穿着奶奶亲手做的阴单布上衣，毛蓝布裤子，白边鞋，背着小叔送给他的帆布书包，书包里有一个宝贝文具盒，那是三姑爹送给他的，说让少年好好学习。

三姑爹，博学，很重视教育，育有三子一女。少年最喜欢三姑爹。在所有女婿中，奶奶也最疼爱三姑爹，让他和大女儿琴哥，大儿子林子，二儿子顺德，小儿子宏意，以及三姑妈，一家六口住在北厢房。

三姑爹有一手好手艺，会阉鸡，在那样的年代，就靠着它维持一家人的生计。三姑爹家里藏有一套阉鸡用的工具，装在一个帆布口袋里，三姑爹视若宝贝，不允许任何人碰。三姑爹经常拿着他的"宝贝"出门，有时一月，有时两月，最多的一次有半年。

三姑爹不在家时，家里就是孩子们的天下。琴哥最大，虽然是个女孩儿，但天生具有男子汉的气概，带着几个兄弟，帮三姑妈干活、学习、玩，有谁欺负兄弟，她的拳头可是不认人的。

林子呢，和少年年龄相仿，关系最好。

乡下有个二爷爷，二爷爷家的房前屋后种满了蔬菜、樱桃、梨子、玉米、高粱、萝卜……

春天，樱桃成熟了，他们一起到乡下二爷爷家摘樱桃；夏天，玉米成熟了，他们一起到乡下二爷爷家掰包谷；秋天，梨子成熟了，他们一起到乡下二爷爷家摘梨子；冬天，萝卜成熟了，他们一起到乡下二爷爷家拔萝卜……

每次到乡下，他们的肚子总是塞得满满的，回来的时候，裤兜也塞得满满的……所以，少年总盼望着每一个春夏秋冬的来临。

少年和林子在一起最难忘的事是"两分钱的故事"。

少年的叔叔伯伯、姑爹姑妈都很喜欢他，偶尔会悄悄塞给他一分钱、两分钱。少年得到钱以后，会邀上林子去逛南街。在少年眼里，南街是小镇最繁华的地方，有卖油条的，卖豆浆的，卖魔芋豆腐的，还有摆小人书摊的。少年先用一分钱在书摊租一本小人书和林子一起看，然后用剩下的一分钱到小吃摊前买一碟魔芋豆腐，拌上葱、蒜、酱油、醋，你一块，我一块，香喷喷地吃上一顿，连同汤一起喝掉。完后，用手抹抹嘴，哼着小调回家。至今，少年仍有"醋拌魔芋豆腐"的情结。

算算日子，三姑爹该回来了。

这次，三姑爹走了有三个月。

那天，三姑爹回来的时候天已经黑了。少年和林子、顺德正在院子里玩打玻璃弹子的游戏。一见三姑爹回来了，林子、顺德连忙扔下玻璃弹子，赶紧跑回家。院子里只剩下少年一个人，他慢慢地把玻璃弹子捡进奶奶给他做的小纸盒子里……

一会儿，三姑爹家亮起了灯。少年听见三姑爹大声训斥着琴哥："你是怎么当姐姐的？一天就知道玩，玩物丧志！"屋子里沉默了好一会儿。不久，又听三姑爹大声对林子说："林子，去请苏老师过来吃饭。"

苏老师，是一位四十岁的中年男人，小小的身材，瘦削的脸，戴着近视眼镜。少年知道他是从北京下来的，会说一些"基里哇啦"的话，林子说那是英语。他一个人住在奶奶家隔壁的小屋子里。三姑爹每次回来，都会做些好吃的请他过来。苏老师很感动，闲暇的时候，就偷偷地教林子他们读英语。

每每这个时候，少年总会想：三姑爹要林子他们好好读书，看来读书是有用的。我也应该好好读书了。

（五）

时光飞逝。

转眼，一九七七年了。

这年琴哥十八岁，考上了大学。

第二年的夏天，林子十五岁，成了少年科大生。

第二年的冬天，梅花盛开的时候，奶奶离开了少年。

第三年的夏天，少年十六岁了，参加了高考。

当他穿着奶奶生前为他做的崭新的白边布鞋，跨进大学校门的时候，他笑了，就像冬天里盛开的腊梅花……

那片山

（一）

国庆节，哥，回来了！

我，好开心！

国庆的天气真好，天天大太阳，蓝天白云的。

坐在屋子里，透过窗玻璃，抬眼向对面看去，云朵和屋顶一样齐。

院子里，桂花树开了花。秋风吹来，香气裹在空气里，飘进了我的家。

哥说："又喷香水啦！"

"嘻嘻，哪有啊，哥，我想去乡下。"

"好啊，我带你去宝家沟，摘猕猴桃！"

（二）

宝家沟，很远！

在文化名城修文，开车，要四五个小时。

哥说："怕不怕晕车？"

"不怕！"

"好，怕，就看不见好风景！"

车，走在弯弯曲曲的盘山公路上。两边的大山，长满了狗尾巴草，秋风里，摇着白花花的大尾巴向后跑去……

不知睡了几觉，哥说："醒醒，到了！"

啊，这，真是一条沟！

从村外到村里，只有一条柏油路。这条路，很长，不知通向了哪里？路的两边，都是山。有高的，有矮的，有大的，有小的……葱葱茏茏，长满了植被，还长满了房子。

这些房子，都是小别墅，从山脚往山顶修建，一层高过一层，层层叠叠，白墙黄瓦，掩映在绿树丛中，就像开在大山里的花。

早上，鸡叫了，狗叫了，牛叫了，摩托车、电动三轮车、汽车也叫了，宝家沟醒来了。山上看不见炊烟，饭的香气却飘了过来。这里已经是数字智能化了，天然气进到了村里，村民再也不用上山砍柴，烟熏火燎了。宝家沟成了现代化新农村，是城里人向往的桃花源。

哥的车停在了山脚下，一位小姐姐走了过来："你们好，欢迎来到宝家沟！"

这位小姐姐，是我们今天要入住的"桃园农家乐"主人的女儿，一身苗家打扮，银饰在头顶闪闪发光，笑起来像猕猴桃一样甜。

在她的带领下，我们来到了半山腰。说是半山腰，其实很平，一栋栋小别墅鳞次栉比。桃园农家乐在中间，三层楼的小别墅，门前一个小花园。花园里，菊花开得正艳。"采菊东篱下，悠然见南山"，就是这种境界啊！

我问小姐姐："在哪里摘猕猴桃啊？"

小姐姐指着前方："你看，沟的对面，那片山，就是猕猴桃园。"

放好行李，我们下了山。

（三）

来到车辆停放处，小姐姐说："我们坐电动三轮车去猕猴桃园。"

我一看，这些电动三轮车很有特点，三个座位，一个拖斗。座位，前面一个，后面两个。小姐姐坐前面开车，我和哥在后面排排坐。拖斗里面放着小花篮，那是装猕猴桃的。抬头看，车顶有花花绿绿的篷布，遮阳又遮雨，就像公园里的观光车。

"嘀嘀嘀"，三轮车发动了。

天遂人意，十一点了，太阳还在云里。沟里的空气凉悠悠的，两边山上，枫叶红了，明艳艳的。"停车坐爱枫林晚，霜叶红于二月花"，此时，吟诵杜牧这首诗最应景。

小姐姐的驾车技术就像晨风中飘飞的枫叶，轻盈美丽，一会儿，猕猴桃园就在眼前。

好大的猕猴桃园啊！从下到上，从左到右，一片又一片，像梯田。田里，游动着紫色、红色、黄色的花，那是来自八方的采摘客，正在摘着自己喜爱的猕猴桃。

"呵呵呵，哥，看啦，这里的猕猴桃真大！"

"是的呢，我们就在这里摘吧！"

小姐姐停下了车。

我们提着小花篮，走进猕猴桃园。

哟，满地的果子，随处可见，不用摘了，直接捡。

"咦，客人们，落地果子坏了，不能捡！"小姐姐急忙告诉我。

"啊，坏了？这么多！"

"是啊，猕猴桃成熟以后，烂得快！我们搞乡村旅游，五斤以内免费采摘。"

"免费采摘！那不是要亏本吗？"

"还好啦，客人！游客采摘，一般都不止五斤的。"小姐姐说完笑了，"还有，春天的时候，猕猴桃开花最好看，客人也喜欢来赏花游玩。其实，宝家沟，每个季节的景色都好看。冬天的时候，下雪了，白茫茫的一片，走在铺满积雪的林地上，听到'嘎吱嘎吱'的响声，感觉像到了林海雪原。"

小姐姐的话，勾起我无限的向往。

"咔嚓"，哥给我照了一张相。照片上的女孩，深情地望着猕

猴桃园对面那片山。山上，是一片片松树林，秋风吹来，松涛阵
阵……

小姐姐说："客人，摘完猕猴桃，一会儿，我带你们去松
树林。"

（四）

三轮车拖斗装满了，小姐姐开着车来到村口快递店。

我想快点把猕猴桃给我的亲戚朋友寄出去。

小姐姐说："不用操心，你把要寄的地址留在这里，做个登
记，快递店会给你寄出去的，我们去看松树林！"

哥说："行！"

松树林在宝家沟南边，坐上小姐姐的三轮车，一会儿就到了
松树林。

"咕咕咕"，"咯咯咯"，这是什么声音？

"哟，山鸡！"我吃惊地叫出了声。

"客人，这是放养的土鸡。"

"土鸡？"

"对呀！这片山里，放养的全是土鸡。它们吃纯天然食品，
虫子、玉米、高粱、谷糠……"

"这些土鸡肉一定香！"哥说，"你看它们吃饱了满山遍野地
跑，肌肉强劲……"

"呵呵呵，这位大哥真逗！"小姐姐笑了，"的确是这样呢！宝

家沟的土鸡肉嫩味香，出了名！客人，要不要来几只？"

提到土鸡，我是知道的，在店里买，价钱比普通鸡贵一倍，还不一定是真的。

"好吧，小姐姐，来十只。"

"好呢！"小姐姐开心地答应着。"嘀嘀嘀"，拿出手机，指头点点点，一个信息出去，就听小姐姐的手机音频对话铃声响起："收到了，宝兰，一会儿弄好，真空包装送到快递店。"

我不禁赞叹："真是神速啊！"

"客人，你们想不想到东山走走呢？"

听到东山，我的耳边立刻响起那首歌："在那高高的东山顶上，升起白白的月亮。年轻姑娘的面容，浮现在我的心上……"

于是说："哥，我们去吧！"

"好！"拉着哥的手，我们坐上了小姐姐的车。

（五）

东山，在宝家沟的东边。

东山上也有许多松林，林地上铺满了松针，落满了松果，没有养土鸡。树上，喜鹊"呷呷呷"叫，松鼠跳来跳去。

一只小松鼠，蹲在树下，抱着一个松果啃。看见我们，吓了一跳，三步两步，赶紧往树上跑。

小松鼠，毛色麻灰灰，尾巴毛茸茸的，尽管不像课本插画里卡通的那样橘红亮丽，但在这东山里，它可是最最可爱的了！看见它，我的心情超好，对哥说："快快快，给松鼠照张相！"

哥举起相机，高高的松树上，有了喜鹊和松鼠的身影。

忽然，我的耳边，传来了那动人的旋律——

"在那高高的东山顶上，升起白白的月亮。年轻姑娘的面容，浮现在我的心上……"

"小姐姐，这里有人唱歌？"

"哦，客人，这是东山蘑菇场放的音乐。"

"蘑菇场？放音乐！"

"对呀，东山是蘑菇养殖基地，每天都要放音乐给蘑菇听。蘑菇听了音乐，心情愉悦长得好，味道鲜美！"

"哇，高级享受！"

"这可不是普通蘑菇！"哥说，"这是被音乐熏陶出来的仙菇！"

"大哥说的对呢！"小姐姐满脸笑容，"这蘑菇养颜，吃了容颜赛仙姑！"

"好好好，我要买！"不等小姐姐推荐，我立马决定来二十斤。

"嘀嘀嘀"，小姐姐手指一点，信息出去。不久，语音通话铃声又响起，"宝兰，知道了，蘑菇立马送到快递店！"

我和哥，相视一笑：对小姐姐的办事能力，佩服得五体投地！

（六）

夜幕降临，繁星落到了宝家沟。

东山上，一轮明月升起！沟底，氤氲起雾气，朦朦胧胧的！

宝家沟，一栋栋别墅门上，挂着的灯笼，公路两边的街灯，静静地亮起。

晒谷场上，篝火已经点起，小板凳摆放四周。吃过晚饭，游客们陆续走来，参加篝火晚会。

小姐姐问："客人，你们要参加不？"

"当然要了！"

"好！"小姐姐给了我和哥一人一根荧光棒。

我挥舞着荧光棒，笑着跳着，跑在哥的前面："哥，快点，咱们去坐前面。"

"天黑了，小心摔跤！"哥叮嘱着。

到了，到了，晒谷场，已经坐满了人，里三层，外三层，我挤不进去。"哥，咋办呢？"

"客人，在这里呢！"小姐姐站在主席台边，招手让我们过去。

我和哥走过去，小姐姐说："客人，大哥对你真好，已经请我给你留了座位。"

"哥……"

记不起，是有多久，没和哥一起出来了！

第一次见哥，也是在深秋，哥带我去他工作的地方。那是大山里，满山的枫叶红了，毛茸茸的狗尾巴草，开着白色的花。

晚霞升起来，洒满山坡，狗尾巴草很激动，涂上了脂粉，与山下长河里的孤鹜打着招呼。

"多美的景色啊！"我赞叹着。

哥说："以后，我可能经常在这里工作！"

哥说的一点没错！接下来的许多日子，哥都是在大山度过的……

"想什么呢?"哥问。

"想哥在大山里……"

"你看,现在的大山多好啊!"

"嗯……"

晚会结束了,月亮已经爬上了树梢,宝家沟的夜静悄悄的,似乎在做着那片山的梦……

(七)

第二天早晨,我和哥离开了宝家沟。

我们的车路过了修文龙场,哥告诉我,这里是王阳明先生"悟道"的地方。

想起阳明先生的"知行合一""致良知",想着今天的宝家沟,宝家沟的那片山,不知怎么的,在这深秋的早晨,心里竟泛起一丝暖意………

23

十里画廊，在哪里

这个国庆节，走了好几个地方。

10月2日，弟和妹说，带我和哥去十里画廊。

一听这名字，我脑海里瞬间展开幻想：三生三世十里桃花，这里一定很美，有许多画——

那些画，要么画在墙上，古朴典雅；要么画在簸箕里，充满民族风情……这样的画，绵延十里，该多壮观啊！

于是，我满怀期待，坐上了弟弟的车。

（一）

沿途，许多风景，群山连绵起伏。深秋季节，山上的植被呈现出不同的色彩。

小红枫，叶子暗红，向四面伸展着它内在的张力，长在悬崖，生命如火。

有种植物，不知是不是冬青，叶子绿油油的，会牵藤。细看，这些绿色的植物，还开了花。那些花细细的，白白的，一簇一簇的，就像星星，缀满一山又一山。

特别吸引我的是狗尾巴草，长在公路的两旁，离我很近，毛茸茸的尾巴，在秋风里摇曳，可爱至极！

我不爱吹空调，弟打开了车窗。窗户缝隙小，晨风吹来，有点猛，"呜呜呜"的。

最后，窗户全打开了。弟放慢了车速，风变得柔和了些。

金秋的风，是甜的！

妹笑了："姐，又没糖，哪会甜呢？"

"嗯，是甜的，你仔细闻。"

"唉，你家姐爱吃糖，闻到啥都是甜的！"哥调侃着。

"不理你，哥乱说！"我嗔怒哥。

（二）

车，往前开着。

一个多小时以后，前方出现了一块木色牌匾，上书"十里画廊"。

我很高兴，挺近的嘛，还没晕车，还没打瞌睡，就到了。

车，拐进了一条柏油路，路弯弯曲曲，盘山而上。

弟的车开得很慢，一边开一边说："左边这一片，是杉树，每棵树的树龄不下百年，尤其是银杉。"

"银杉，植物熊猫！"

"是的。"弟说，"据说，这一带山上有银杉。"

听弟这样说，我对这片山林肃然起敬，要知道，银杉对生长环境特别挑剔，喜阴不喜阳，生长速度缓慢，容易被其他植物盖过，存活极其不易。看着这满山的树木，我感觉到了自然的灵性。

"哥，上次你带我去赤水，那里的泥土都是红色的。"

"那是丹霞地貌。"

"那里的山林里有桫椤，这里有吗？"

"这个就不清楚了，桫椤是植物活化石，来自侏罗纪。"

"嗯……"一时间，大家都没再说话了。

车，在盘山公路上慢慢前行。我的眼，也在山林里逡巡，希望能有幸看见它的身影。

车，转了一个弯，前面是一片枇杷林，好大好大的枇杷林，一眼望不到边。

妹说："姐，那枇杷树好像在打花苞呢！"

"这是秋天，怎么可能打花苞？"弟对妹说的话表示质疑。

"嘿，这个我知道。"哥说。

"你知道？那给我们科普一下。"我看着哥。

"好的。越过四季雨雪风霜，小满时节半坡黄。"

"哥，你这文绉绉的，啥意思啊？"我问。

"枇杷果，是所有水果中最独特的，经历了四个季节。秋天开始打花苞，冬天开花，春天结果，夏天小满时节才成熟，生长慢得很。"

"哟，那枇杷果太珍贵了，采了四时灵气。"弟说。

"这样啊!"听了哥和弟的话，我难以相信枇杷果的生长历程，不禁回头看着枇杷林。树下，几个戴着橙色草帽的苗家妇女，好像正在给枇杷树施肥。

（三）

车，继续前行。

我惊喜地发现，前方树上有果子。"妹，快看，枇杷!"

"姐，哪有枇杷?"

"树上!"

"哈哈哈，姐，那是柿花!"

"唉，叫你多出来走走，你不信，看，五谷不分了吧。"哥又逮着了教育我的机会。

"哦，不好意思啊，妹，柿花不是说像灯笼，又大又红吗?"

"那是大柿子花，这是小柿子花!"

"这么小，和枇杷差不多!"

"自然大得很，多接触，你就认识了。"哥语重心长。

从来，我对哥都很尊敬，他的话我总是认为有理的。

车，一直在盘山公路上行驶，两边一会儿是山林，一会儿是枇杷林，一会儿又是柿子、橘子林……

一路上，我不再言语，感觉车又开了很久，心想：怎么还没看见十里画廊呢?

（四）

到了！

车，停在了一户农家院子里。

"姐，你不是要看稻田吗？这里全是！"弟指着院子前面的一片稻田。

我一看，稻子已经收割了。一块块稻田里，立着一个个稻桩，堆着一个个草垛。稻桩长出了新苗，绿茵茵的。妹说，想起了八十年代老家的双季再生稻。

"哪里哦？再生稻的品种不是这样，并且要在八月收割稻子后长出来才行。现在都十月了，才长一点点秧苗，不会结稻子了。"弟说。

"不过，现在农村这么富裕，是不用种双季稻了。"妹感叹道。

我，只顾看那些稻桩了，一个挨着一个，密密麻麻，似乎还在讲着前几天收稻子的故事。草垛上，白鹭鸟没有飞走，它们静静站立着，在想什么呢？

一个漂亮的女孩，从草垛背后走出来，她的男朋友举着相机，给她照相。"咔嚓"，这是穿红色长裙的，再换一套衣裳，"咔嚓"，这是牛仔装……男孩满眼笑意：春风十里，不如你！

我看得入了迷！

"走了！"哥在远处喊我。

"哦，来了！"我赶紧追上哥。

"你看那里。"哥指着下面。

呀！下面是一条河——青龙河。河水清亮亮的，顺着河弯弯流淌。河里，有一群鸭子，那些鸭子是麻色的，好大呀！扇着翅膀，游来游去，"嘎嘎嘎"，声音洪亮，不知在说啥。

河中间的一块岩石上，站着两只大青鹅，它们伸着脖颈，高昂着头，偶尔用嘴啄啄羽毛。

"叮"，我有微信了，原来是哥给它们留了一张影，瞧那两只大青鹅，多么闲适！

河床有点高，河边，撑起了许多太阳伞，伞下有躺椅，游客们躺在椅子上休息。啊，这叫不叫假日"躺平"？一个扎着羊角辫的小姑娘，站起来说："爸爸，河边有鹅卵石，我们去捡。"

"好！"

"呵呵呵，好好玩哦！"一会儿，河边传来小姑娘快乐的笑声。看，她和爸爸在河边打水漂呢！

笑声中，我和哥，还有弟和妹，已经走上了青龙桥。

桥很古老，单拱石桥，桥面很宽，铺着大青石。

我们走在人行道上，迎面来了一位老人，背着背篼，里面装满青草。他的前面，有两头黄牛，一头大的，一头小的，大的走前面，小的走后头。弟要给它们照相，牛回过头，"咔"，很配合！乡村独有的美景，定格在画里！

（五）

到桥头了，路也直了起来。

对面就是南江平寨。这个寨子有悠久的历史，据说至少可以追溯到三国时期。当年诸葛亮南征，曾到过这里，诸葛寨，就以诸葛亮的姓命名。"暗淡了刀光剑影，远去了鼓角争鸣……"耳边，那首《历史的天空》还在哼着，一页风云，已变换了时空……

太阳已经升得老高，中午了。

我们选了一家古朴的布依农家乐，坐下来休息。

热情的布依阿妹一边摘菜，一边和我们聊天："客人，去水东馆参观没？"

"水东馆？"

"对呀，那里有我们布依族骄傲的明德夫人！"

"明德夫人？"

"对，她叫刘淑贞，和奢香夫人一样，是明代杰出的女政治家呢……"布依阿妹像一名资深的导游，娓娓地给我们讲述着明德夫人的故事，讲完了，她站起来，走到窗口，指着前面说："客人们，广场上，那尊汉白玉雕像，就是明德夫人！"

说话间，阿妹已经摘好菜，拿到厨房去炒。一会儿，香喷喷的家常菜端上桌，特别是那白米饭最香，那可是刚刚从田里打出来的新米，油亮亮的。

看到这白花花的大米饭，我想起小的时候，稻子成熟了，黄澄澄的。母亲端着簸箕到田里，摘下一些谷子，用手一颗一颗地把谷子的壳剥下来，从白天剥到晚上，我看见，母亲的指甲都流血了。

我问母亲："为什么不拿布包着，用手搓呢？"

母亲说："这米是要用来敬天老爷的！搓，会把米搓坏，不成颗粒！"

小时候，我不理解母亲的做法，也不懂得她话里的深意。在母亲朴素的意识里，五谷是神，对它们要恭敬虔诚。

每年新米出来，母亲都要举行一个郑重的敬天仪式，就是亲手剥新米，煮白米饭，然后，还要煮两个素茄子。在我家院子里，摆上一张小桌子，把这些东西整整齐齐供上去，点起一炷香，跪下，念念有词……

许久以后，母亲才说："天老爷已经先吃了，现在我们吃！"

想到这些，我的眼湿漉漉的。不知不觉间，我在阿妹家吃了两碗大白米饭！

吃完饭，已是下午三点钟了。

阿妹说，有时间可以到"旧林故渊""土司古寨""云山茶海"看看，感受一下土司文化，和布依族、苗族传统的制茶、刺绣、酿酒工艺。晚上住下来，唱唱山歌、打打糍粑、推推豆腐……也是很有趣的。

可是，哥晚上有事，所以，我们踏上了回家的路……

（六）

路上，我一直没有说话。

哥很奇怪，问我："玩得不满意吗？"

"有点，没有看到十里画廊！"

"啊!?"弟惊叹一声，"姐，我们今天走的每一个地方，都是十里画廊啊！"

"什么？"我连忙直起身，拉开车窗帘，向外望去——

山山有树迎风绿，水水泛舟恋鱼情。

十里八景美如画，儿女竞起故园行。

啊！原来，我一直都在十里画廊里……

牛粪粑粑楼

（一）

"乡情乡韵！"

"叭叭叭……"

一大早，苗仙村，快递小哥就到了。

小哥叫喜气。他，戴着黄色头盔，骑着顺丰摩托，手里拿着一个蓝色喇叭，大声喊着："乡情乡韵的包裹，到了……"

村民很奇怪——

"乡情乡韵，是谁？苗仙村，没有人叫乡情乡韵。"

喜气叫了很久，没有人答应！

他很纳闷，包裹上明明写着"苗仙村乡情乡韵收"，怎么没人领？

"dial，mongx vut！"

喜气正在低头看包裹，突然，听到有人说话的声音。他抬头一看，呀，原来是一个眉清目秀、身着苗家服饰的少女。

少女名叫子林，二十四岁，大学毕业后，回到了家乡苗仙村。

苗仙村，在大山深处，山高林茂，长年雾气氤氲，有天然的桃林，人称"桃花村"。

四月，别处的桃花早已开过，苗仙村的桃花才开始开。漫山遍野，红艳艳的，犹如彩霞落满山坡。

这样如仙境般的美景，一直摇曳在子林心里。在读大学期间，她就想好了，毕业后，一定要回到家乡做点什么。

这不，去年村里招考村支书，子林也报了名，以满分的成绩考了第一名，成了苗仙村最年轻的支部书记。

"新官上任三把火"，刚上任的子林，思考着怎样带领苗仙村摆脱贫困，走向富裕，想到家乡的地容地貌不适合发展实体经济，唯有依托得天独厚的自然环境，让苗仙村成为旅游打卡网红村才行。

没错！方向找对，子林有了信心。

今早，她就迅速召集村干部，召开村委碰头会，拟定苗仙村五年旅游发展规划。

"俗话说'靠山吃山，靠水吃水'，咱们苗仙村，要致富奔小康，就要靠旅游。"村长率先发了言。

村长叫展虎，四十多岁，是个胖墩墩的中年男子，爱穿白T恤，个子不高，一米五六，给人的感觉就是"浓缩的是精华"。

他右手摸了摸发亮的脑门，说："我们苗仙村，说起来历史也很悠久，明朝时期就是一个军营。村头那个大校场，可以利用。校场上那面铜鼓，威风凛凛，我们可以把它恢复起来，举办假日夏令营，让游客感受沙场点兵的气势。"

"这个主意不错!"会计蒙方很赞成。

"除了这个，我觉得，咱们的百亩天然桃林，也是可以开发的旅游资源。"

"没错!"子林说，"苗仙村百亩桃林，有两个旅游旺季。"

"两个旺季?"会计蒙方眼睛一睁。

"是的，两个旺季! 春天，桃林的桃花比普通桃花花期晚，正好避开了集中赏花期，是四月绝佳的天然桃花观赏地。夏天桃子成熟，自主摘桃，也有乐趣。特别是桃林山下的那一条清水河，流水潺潺，河边的一座座吊脚楼，最具苗家风情，是少男少女的向往之地……"

"哎哟，子林，你这个主意太好了!"会计蒙方兴奋得直敲茶杯。

"我还有一个想法……"

"啥想法?"展虎问。

"我们的牛粪粑粑也很有特色，也可开发。我们可以把村委的这座办公楼改为'牛粪粑粑楼'，公开招募做牛粪粑粑手艺最好的村民来经营。"子林说。

"牛粪粑粑? 苗家人爱吃，游客未必喜欢!"蒙方担心。

"这不一定!"子林说，"牛粪粑粑，天然糯米面做成，外包状元叶子，用干牛粪烧火烤，有天然的清香，配上秘制辣椒蘸水，风味独特。"

"嗯，这倒是!"蒙方笑了，差点流下口水。

"无论走到哪里，苗仙村的儿女，有谁能忘记牛粪粑粑呢？"子林说，"记得，今年我在某平台写了一篇散文《苗岭，昨夜的故事》，投稿'乡情乡韵'主题出书征文。很多文友询问，苗仙村在哪里？那个用牛粪烤的状元叶子粑粑，好吃吗？都想到苗仙村体验一下呢！"

"真的啊！"村长的眼睛亮晶晶的。

"咦，子林，你听，有人在叫'乡情乡韵'！"蒙方立了立耳朵。

"嗯，好像是的！"展虎从村委会窗口探出头，看见村口停着一辆蓝色快递车，旁边站着一位快递小哥。

"乡情乡韵……你的包裹……"喜气拿起喇叭，又喊了最后一次。

"dial，mongx vut！"

喜气抬起头，面前这位漂亮的苗家少女说的话，他没听懂。

"你好，请问你是和我说话吗？"喜气问。

"小哥，你好！"子林笑着说，"刚才我说的是苗语，就是'小哥，你好！'。"

"哦，真不好意思，我不懂苗语。"

"没关系，小哥，刚才，我听你说有乡情乡韵的包裹。"

"对对对，就是这个。"喜气把一个用银灰色塑料纸包着的包裹递给了子林。

子林一看，包裹上果然写着"苗仙村乡情乡韵收"，再看落款来自某平台，这难道是我的？

子林接过包裹，谢过小哥，回到村委办公楼。

村长接过包裹，说："子林，这里揉皱了，好像还有几个字：'木子林'！"

"'木子林',村长,是我的笔名!"

"真的吗?快打开看看!"

子林小心翼翼地打开外包装,露出了一本散发着乡韵乡情的书,村长、会计啧啧赞叹:"这书,真好看啊!"

"村长、会计,看,这一篇,就是子林写的征文《苗岭,昨夜的故事》。"

子林深情地朗读起自己的征文……

春天,苗仙村的桃花开了。清水河边的吊脚楼,住满了客人。村委办公楼早已是苗仙村的旅游网红打卡地——牛粪粑粑楼了……

那个快递小哥喜气,读了子林的文章,被苗仙村的牛粪粑粑吸引了,招商投标成了苗仙村牛粪粑粑有限公司的老总。

这会儿,他正在牛粪粑粑楼忙活呢!

(二)

喜气出生在东方明珠塔下,祖祖辈辈都是地地道道的上海人,世代经营着喜家重阳糕。

喜家重阳糕始于唐朝,距今已有一千多年的历史。它精致的造型和细腻的口感,让喜气着迷。喜气从小就有一个梦想,要带着喜家重阳糕走出上海。

母亲问:"你要带去哪里?"

"不知道呢?"

"咦，这孩子!"

在大学里，喜气选择了营养学专业。毕业以后，父亲想让他继承家业，管理喜家重阳糕企业。

可是，喜气没有听从父亲的安排，瞒着父母到喜家重阳糕厂做了一名制糕工人。

两年以后，喜气辞去了制糕工作，到顺丰做了一名快递小哥。

父亲知道了，非常生气，发誓不让喜气回家门。

喜气告别母亲，在外面租了一套一居室，简单置办了一张床、一个写字台和一台电脑，开始独立生活。

闲暇时间，喜气爱写写文，发在公司公众号里，队友们都叫他快递作家。

一次，送完快递，喜气发现一个队友在转动一个彩色转盘，他很好奇，就问："你在转什么?"

"抽奖啊!"

"抽奖，哪里抽?"

"××平台!"

"××平台，是什么?"

"一个写作APP! 哦，喜气，我看你挺喜欢写文章的，你可以在上面写文的。"

"是吗? 等我下载一个再说。"说干就干，喜气在队友指点下，迅速下载注册了××平台APP。

在××平台，除了写文，喜气更多的时间是读文友的文章。那天，一篇名叫《苗岭，昨夜的故事》的文章引起了他极大的兴趣，特别是文友子林说的那个牛粪粑粑，喜气很好奇，很想见识一下这个牛粪粑粑是什么样的。

他立即给子林发了一封信——

子林友：

你好！

读了你的作品《苗岭，昨夜的故事》，对文中提到的牛粪粑粑很感兴趣，不知可有机会见识？

文友喜气

2018 年 6 月 1 日

信发出以后，喜气很忐忑，不知子林会不会看到，因为，他发现子林好久没有更新动态了。

一周以后，只听"叮"的一声，弹出一条信息。喜气赶紧点开，啊！他激动得手都发抖了，原来，这是子林发来的回信：

喜气友：

你好！

抱歉这么久才给你回信！最近，我们苗仙村正在筹备创建牛粪粑粑有限公司，公开招标。你有兴趣，可以来看看！

子林

2018 年 6 月 8 日

"真的？"喜气喜出望外。

"真的！"

"子林，能给我一个地址吗？"

"好!"

(三)

两年以后,苗仙村牛粪粑粑有限公司正式成立,公司总裁为90后喜气。

这天,要举行隆重的开业剪彩仪式。

剪彩仪式设在牛粪粑粑楼广场上。这个广场是古时的一个大校场,可容纳几千人。四面大铜鼓,威风凛凛立在广场南面。广场的东面,有一条大路,通往村口石鼓牌楼。

剪彩仪式的迎宾仪仗队,从村口石鼓牌楼,一直连接到牛粪粑粑楼。

石鼓牌楼大门两侧,九十九名苗族小伙子,举着金色硕长的芦笙,吹奏着欢快的《苗族迎宾曲》。九十九张一米高的正方形木桌,一字摆开。每张桌子上放有一壶桂花酒。桌子旁,两名身着节日盛装的苗族少女,手里拿着一个弯弯的牛角,准备迎接客人的到来。参加这次剪彩仪式的有各级领导、记者、苗仙村的乡亲们,以及来自四面八方的游客⋯⋯

清早,子林、展虎、蒙方就开始忙着迎接省市区领导,以及省市电视台的采访记者。

九时许,参加剪彩仪式的嘉宾来了!

顿时,苗仙村沸腾起来!铜鼓声起,芦笙飞扬,身着节日盛装的苗家少女,一边唱起《苗族迎宾曲》:"苗家贤惠成佳话,热情好客人人夸，欢迎客人来光临，敬一杯美酒暖心怀"，一边用牛角斟满桂花酒敬尊贵的客人。

"啊，这就是苗仙村吗？世外桃源啊，这苗族服装可真好看啊！"

"这种迎宾方式，我还是第一次看见，太隆重了！"

喜气的朋友可乐、远方、般若、诸葛向林……也来了。

可乐是一位大帅哥，看到漂亮的苗家少女，特别兴奋。

远方是个温婉女孩，与喜气关系较好。来之前，特别了解了一下苗族风俗习惯，见可乐乐成这样，善意提醒着："收起你的花心哦，对苗家女动情，要娶回去哦！"

"哦哟，怕女朋友打我！"

"呵呵，所以，提醒你喽！"

般若是远方的闺蜜，这次结伴同行，很想了解一下民族风情文化，和喜气的创业经历，回去写写创业小说。

诸葛向林是一名电商，业余在××平台写写文。这次来，想看看喜气说的牛粪粑粑有限公司旗下的公司怎么操作？如果可以，他想投资。

十时整，剪彩仪式正式开始！

子林主持剪彩仪式，她今天穿着阿妈给她做的、苗家女出嫁时才穿的盛装，在温暖的阳光下，银光闪闪，就像仙女下凡。

只听子林说："尊敬的各位领导，各位来宾，大家好……"

"这是子林吗？子林的衣服真闪亮啊！"般若感叹道。

"是的，这就是子林！般若，子林穿的是苗族少女的新嫁衣。听喜气说，为了今天的剪彩仪式，子林的阿妈连夜给她赶制出来的。"远方给般若介绍着。

"好漂亮的嫁衣啊！不是该出嫁时才穿吗？"

"般若，喜气常常提起子林，他说，子林回到苗仙村，就是想把家乡的绿水青山，变成金山银山。这次牛粪粑粑有限公司的成立，关系到苗仙村的发展，和出嫁一样重要，所以，她要穿盛装出席。"

"子林，真是有大志向啊！"

"般若，如果你喜欢苗族服装，这次来可以带一件回去。喜气说，苗仙村有苗族服饰、工艺品手工作坊，到时，我们参观一下。"

"好！"般若满脸兴奋。

"尊敬的各位领导、各位来宾，下面有请牛粪粑粑有限公司总裁——喜气，讲话！"广场上响起了热烈的掌声。

"嘘，注意注意，喜气要讲话了！"可乐提醒大家。

掌声中，只见一位个子高挑、戴着眼镜、温文尔雅、穿着苗族服饰的少年，走上了主席台，他礼貌地向大家点点头，说："搭嘎好！dangx dol vut！"

"喜气说的啥哦？"可乐一脸懵地看着远方。

"第一句，我知道是上海话'大家好'，后面就不知道了。"

"我猜，是苗语'大家好！'"般若说。

"我想也是！"诸葛向林说，"喜气不错啊，才来不久，就学会苗语了。"

"大家好，我叫喜气，在××平台认识了子林，从上海来到了美丽的苗仙村。苗族的文化把我深深吸引，看我穿上这套衣服，就成了苗家阿哥。我希望和大家一起，通过牛粪粑粑楼，让更多的人了解牛粪粑粑、喜家重阳糕，建设苗仙村，共同走向富裕……"

"啪啪啪……"掌声、鞭炮声同时响起，牛粪粑粑楼开业剪彩仪式礼成。

（四）

仪式结束以后，游客们纷纷登上牛粪粑粑楼。

牛粪粑粑楼，古色古香，结构融汇了苗族吊脚楼建筑的特点，雕梁画栋，依山傍水，共有三层。每一层，三百六十度采光通风，坐在餐位上，抬眼就可以看见楼前的校场，和远处的桃花山。

"喜气……"好不容易等人散去，远方瞅准机会，喊喜气。

"唉，喜董，您好!"这时，一个扎着马尾的女孩，拿着话筒蹦到喜气面前。这个女孩，是省电视台的记者方璇，二十岁，长得很甜，一开口，眼睛、酒窝、嘴巴都在笑，讨人喜欢。台里重要的采访项目，都派她上前。这不，今天，她又逮着独家采访喜气的机会了!

"您好!"喜气远远看见了远方，刚想和她打招呼，眼前猛然跳出一个拿着话筒的美眉，他愣了一下，旋即看清是记者，微微一笑，很有礼貌地说："请问，有什么事吗?"

"喜董，是这样的……"

"哦，您说，我们为什么要在苗仙村建一个'简村缘'？这个啊，可以采访一下子林!"

子林就站在喜气旁边，她笑盈盈地说："记者好，这个都是喜气的创意。我们都是文化人，在××平台书写自己喜爱的文字，又在交流中认识了彼此，碰撞出了理想的火花，从线上来到线下，携手共筑中国梦……"

"子林说的没错，我们希望通过这样的方式，让网络世界变得更真实，大家都有交流的机会，有属于自己的品牌。"喜气说，"这样，我们这些朋友无论走到哪里，都能宾至如归。"

"为了一个共同的目标，走到了一起！真是一群有理想、有追求的文化人！"方璇赞叹道。

"说到朋友，来来来，我给大家介绍一下……"喜气终于找到了招呼远方一行的机会了。

"啊，这些都是朋友啊！"方璇睁大了眼睛。

"是啊，今天牛粪粑粑楼开业，我们都来捧场，点赞！"远方说，"喜气，赶快带我们参观'简村缘'吧！"

"好！"

简村缘，是一条步行街，在牛粪粑粑楼东边。

石板铺成的步行街两边，是一栋栋木制吊脚楼。楼前的花园里，高的是木槿，矮的是冬青，匍匐在地的是三叶草和小多肉。

街道拐角处，一座大地色木楼尤为古朴，楼匾上两个鎏金大字"简咖"特别醒目。

远方喜欢喝咖啡，看到简咖，立马想到了咖啡，她兴奋地问喜气："这是咖啡屋吗？"

"是的呢！"

"各位朋友、记者同志，我们到简咖坐坐，休息一下！"子林热情邀请。

"好呢!"

"谢谢!"

走进简咖,一股甜香扑鼻而来。屋子左边吧台上,一位身穿米色苎麻长裙、头戴米色折帽、腰系咖色围裙的小姐姐正在磨咖啡豆。

远方喝过很多咖啡:南山、普洱、拿铁、雀巢……可是,这种咖啡飘逸出来的味道,却是远方没有闻到过的。究竟是什么咖啡呢?远方决定问问小姐姐。

时间过得很快,小姐姐的咖啡端上来了!精致的牛粪粑粑、喜家重阳糕也摆上了。

看着咖啡慢慢升起的淡淡薄雾,听着小姐姐慢慢讲述的人生故事,远方的思绪飞到了遥远的琼中——

飞瀑山,有一个仙女瀑布,世代居住在这里的苗族同胞,发现琼中宜人的气候,适合种植罗布斯塔咖啡树。山泉水浇灌出来的罗布斯塔咖啡豆,豆大醇香。

牛粪粑粑有限公司成立的时候,琼中一位朋友联系喜气,愿意加盟,长期提供罗布斯塔咖啡。

"啊!××,真是一个不错的平台!"方璇赞叹道,"不仅以文会友,还带动了一方经济的发展。"

"向林,你有投资意愿没?"可乐已经看完书走过来了。

"我更中意的是那片桃园!"诸葛向林眨眨眼,"子林,我想让这片桃园入驻××平台。你看,行不?"

"好啊!万亩桃园能入驻××平台,是我苗仙村的荣幸。"子林很高兴,当即拍板,说,"具体细节,我们再商议!"

"成!"

"喂，蒙方啊!"子林拿起手机，给会计蒙方打了个电话，"通知小吕，一会儿咱们碰头，开个会。"

"行!"

"还有，告诉'简岛'总台，安排几个岛，今晚有几位尊贵的客人要住在那里。"

"哪几个岛呢?"

"嗯，风语阁，悠云居，笔耕匠……"

"好，这就安排……"蒙方挂断了电话。

"子林，我很好奇，这个岛是什么呀?"远方问。

"哦，这是牛粪粑粑有限公司旗下的客栈，这个客栈是以平台的各个栏目来命名的!"

"这，简直太有创意了!"

"是啊! 这都是牛粪粑粑有限公司创作团队的创意，根据岛的特点，来凸显客栈的人文主题，让各位朋友来到这儿，有回家的感觉!"

"般若，怎么啦?"子林话音刚落，远方听到般若的抽泣声。

"我……我……"般若一边擦眼泪一边说，"我就在风语阁岛，我们岛主对我特别关照，经常用盲盒的方式给我送来惊喜! 书、笔、民族特色的饰品……"

"你们岛主可真有心，那今晚你就和远方住风语阁吧!"子林笑了。

"嗯……"

中午，喜气招呼客人在牛粪粑粑楼用了午饭，下午带着大家参观了校场仿古沙场点兵，气势威严，威风凛凛，"吼吼"的喊声，把大家带到了遥远的古战国……

（五）

大家意犹未尽，夜幕开始降临，一轮晓月爬上山顶……

月光下，吊脚楼对面的桃花山上，传来了阿哥的歌声——

ghab nex yut yut hvib hsit dol,

dliangx khab hlib nil bangs det gol。

ghox zeil fal sod guk det bet,

gangb qiangk kad hliad dail xid hnangd。

hfud vangl niangb laib zail gheit lox,

diux hlieb dangl hfud vob hvad nox。

jiab dul eb jil ghab diongb but,

gub dub gub dub dangl mait hes。

（汉语翻译：

小小木叶深深情，阿哥想妹倚树吟。

早起鸟儿争暖树，蝉儿唱歌为谁听。

村边一座吊脚楼，门前一院艾草青。

暖暖热茶火炉香，咕嘟咕嘟等妹饮。）

"远方，这唱的是什么歌啊，好好听啊。"般若问。

"是木叶情歌！苗族阿哥用木叶吹歌给心仪的阿妹听，如果阿妹心动了，就会回应。"

"哦，想起来了，就像《边城》里在月光下为翠翠唱了三年六个月歌的青年……"

远方和般若正说着话呢，就听月光下，吊脚楼里，传出了一个女孩深情的歌声——

vangx bil ghab nex ib lal lal,

dail dial bub sux cob deil bil?

hxot deis sux cob bet ful ful,

mongx ob xit hlib ax ed yangl!

（汉语翻译：

苗山木叶一堆堆，阿哥可曾学会吹？

几时吹得木叶叫，哥妹相爱不用媒！）

"远方，听，阿妹回应了，是同意了吗？"

"好像是的呢！"

"嘘，又唱起来了！这回，阿哥阿妹一起唱呢！"

dial dios eb dat nil dios hnaib,

niangb hnaib eb dat jef fangx tob。

jent yangl bed hvib des diongl jit,

eb mengt dingb dongb des mait bet。

（汉语翻译：

哥是晨露妹是光，有光露珠才闪亮。

唯愿晨风托哥意，山泉叮咚为妹响。）

月亮静静地挂在树梢，阿哥阿妹的歌声情深意长。吊脚楼下，苗仙河里的鱼儿做着甜甜的梦，远方、般若也进入了甜甜的梦乡……

（六）

早上，小牛叫了，苗仙村也醒了。牛粪粑粑楼在阳光的照耀下，是那样美丽！

子林、喜气在牛粪粑粑楼前和客人话别。子林拿出四个精致的包裹，送给远方一行。

车，来了！

远方他们登上了回城的车。车上，般若忍不住打开包裹，一道阳光透过窗户照进来，包裹里发出了亮闪闪的光——啊，苗族新娘装！

顿时，般若眼睛一热，眼里泛起了泪花……

回头望去，牛粪粑粑楼前，子林、喜气正在对着他们的车挥手呢！

25

离别

有许多亲情，随着亲人的离去，已经深埋心底。

家还在，门前的那条沱江河还在，屋后的那一片竹林还在，七字山上的青冈树还在……

可是，父亲不在了，母亲不在了，三哥也不在了……

不知，那条回家的路，是不是还像以前？

火车，隆隆地响。七月，放假，我就回家了！

父亲说，我家五妹又黑了！

三哥说，高原紫外线强！

母亲说，放假就回来，一个假期就白了。

说来也怪，原本高原红的我，到家半月，皮肤就细了，也白了！

蜀地与高原真是不同！

门前的那条沱江河，有我童年的记忆。

一到夏天，我就爱赤着脚，下河洗衣。河水很软，里面有小虾米，游来游去，总爱戳我的脚丫，搞得我痒痒的。

三哥说："那是你的脚臭，虾米喜欢你！"

我一气，就把三哥的衣服扔得远远地，不给他洗。

这时，三哥就会说："妹，逗你的。"然后，跳下河，把衣服捡回来，说："嘿嘿，妹给哥洗。"

高原的水，好像不是这样的！夏天的时候，我也常洗衣，可是却不敢打赤脚站在水里，水凉，刺骨的！伸手一摸，那水，还是硬的！

"世上，有硬水和软水吗？"我问先生。

"当然有了！这可是有科学依据的，硬水含的矿物质多，软水含的矿物质少。饮用矿物质多的水，就容易得结石。"

"哦，难怪，高原水摸上去是硬的！"

"这可不是你说的那个硬哟，这个硬水，是说水里面含的微量元素，肉眼看不见的。用手摸都感觉到硬，那水一定不干净，含有砂石。"

"不脏，很清凉，但摸着就觉硬手的！"

"咦……"先生摇摇头，对我无语。

我对故乡水和高原水的感觉，他就是不信！

每年暑假，我回家，一住一月。想搭搭手，帮帮母亲，母亲总说："女儿，就是回家享福的！"每天，母亲变着法儿做我喜欢吃的，一月下来，把我养得白白胖胖的。

假期满了，我该走了。

母亲说："我送送你。"

"妈，不用了，车站好远，我自己去。"

"不要紧，我就送你到山顶。"

"我的包呢?"

"你家三哥,已经给你拿到车站去了。"

到了车站,三哥已经站在车门口,远远地向我招手:"妹,在这里。"

"你,站远一点!"站台管理员提醒三哥,火车就要启动,注意安全。

火车开动了,烟囱里冒出了浓烟,车轮滚动,咣当咣当的,地都被震动了!

火车,拐过了几道弯,要经过那个山顶。我看见,母亲,踮着脚,还站在山顶上,抬起袖口,擦了擦眼睛,目送我远去……

我,又怎能不懂父母亲送女的心情呢?

记得那次,带学生军训,孩子们才十岁。小小年纪,就要到部队接受训练。因为,他们是少年军校的学生。

一大早,所有的家长都赶到了,爷爷奶奶、公公婆婆、爸爸妈妈、叔叔阿姨……每个人手里,都提着大包小包的东西,拉着孩子的手,千叮咛万嘱咐。

珊文,是个小女生,学习委员,能干!妈妈出差,只有爸爸送。

车就要启动了,可却不见了父亲。看着车窗外送行的人群,珊文眼睛湿润了。印象中,爸爸不苟言笑,一向严厉,珊文很怕爸爸的。如今……

车终于启动了!

就在这时,珊文似乎听到了爸爸的声音。她回头一看,爸爸手里举着一瓶矿泉水,匆匆跑来,大声喊:"等等……"

爸爸的声音淹没在汽车的轰鸣声里,车继续向前开去。珊文看到，爸爸举着矿泉水瓶的手，停在了半空里，久久地看着载着琎文的车远去……

此时此刻，琎文再也抑制不住自己的感情，眼泪"哗"地流了下来……

有人说，父爱如山，母爱似水。小小的琎文，看到了父亲那颗似水般柔软的心！

人生，究竟有多少次目送？

亲人，爱人，友人……

儿行千里母担忧，莫愁前路无知己，十里长亭，又有多少风情？

而一次次的离别，总是温暖漫延心底的回望，成为永久的珍藏。

孤独的老人

院子里，有一位老人，满头银发，年龄有点大了。

每天早晨，《山野幽居》的乐曲声响起，老人就在院子里打太极，一招一式，稳健有力，精神矍铄的。

路过的人都说："老人家身体健康，一定会长寿的！"

日子久了，人们慢慢发现，老人是一个人。

春天，院子里的桃花开了。老人提着一把铲子，在花园里撬呀撬的，不知在栽什么东西。有时，他抬一条凳子，坐在桃树下，春风吹来，花瓣片片飘落，落得满头都是，他也不在意。

夏天，老人爱拿一张躺椅，支在院子里。中午的时候，蝉在楸树上"知了知了"叫个不停，想必是热坏了。老人摇着蒲扇，躺在椅子上，闭着眼养神。

秋天，花园里开了菊花，五颜六色的。人们说，那是老人春天的时候栽种的。

傍晚的时候，晚霞布满天空，余晖洒在了院子里。星星也出来了，在天上一闪一闪的。秋虫在花丛中唱歌弹琴。不知什么时候，来了一条小花狗，趴在远处，望着老人。

老人，背着一个旅行包。他把包打开，从里面拿出一把折叠小凳子，一张折叠小桌子，拉开摆在院子里。从包里拿出一个水壶，一个茶杯，一碟糕点，还有一根蜡烛，放在桌子上。在花园里摘了两朵黄色的小胎菊，放在茶杯里。

天，都要黑了，还不回家，老人要干什么？

终于，万家亮起了灯火，月亮升上了天空。

老人点燃了蜡烛，烛光摇曳，映着他慈祥的面容。他拧开水壶的盖子，将水倒入杯中，缕缕热气升起来。杯子里，两朵胎菊缓缓展开，在水中缠绵。

老人的脸上露出了笑容。他端起茶杯，在鼻尖闻了闻，眯着眼回味。然后，放到嘴边，呷了一口，菊花的芬芳浸入心底。老人从碟子里拿起一块糕点，小花狗看见了，走过来，老人把糕点给了它。小花狗趴在老人身边，惬意地品尝着。

看着小花狗吃得那么香，老人又给了它一块，小花狗开心得直摇尾巴。最后，老人才拿起一块糕点放进嘴里，就着菊花茶，慢慢嚼着。吃完了，老人从包里拿出一本书，那是《人间四月天》，轻轻打开书页，戴上花镜，读起来……

老人的举动，很奇怪！有人猜疑，有人同情——

"太不正常了！难道脑子出了问题？"

"一定是太孤独了！"

"他，应该找个伴侣！"

人们的猜疑、同情不无道理。

据说，老人是个诗人，年轻的时候特有才情，不过经济拮据，一贫如洗，和恋人相识于茶山。"雪里丹颜乱晚霞，霜中菊色笑庭芭"，恋人爱茶，老人爱菊花。恋人的父亲觉得，他们志趣不相投，担心老人给不了女儿幸福，不可托付终身。

于是，在那个秋夜月起、霜打枫叶、菊花黄的时候，恋人做了别人的新娘。

那一晚，老人就像今天，在自己的花园里摆上桌子，和自己做的糕点，温了菊花茶，点上蜡烛。在烛光中，就着糕点，喝着菊花茶，把自己的心事嫁与了月光……

青丝绾垂，银霜染两鬓，月亮圆了缺，缺了圆。每年的每年，老人都这样，不知月光可曾懂？

无人谷来了一位陌生人

夜幕降临，无人谷口，走进一位身披白色斗篷、头戴纱笠的陌生女子。

纱笠，遮住了女子的脸，人们看不见她的容颜。

女子缓步走来，站在谷底的石桥上，抬头望着崖壁，很久很久……

雾气升了起来，迷迷蒙蒙。星星在天边不再眨眼，山谷睡了。

第二天，百灵鸟的叫声打破了黎明的沉静，山谷醒来了！人们发现，女子不见了。她是谁？又到哪里去了呢？

(一)

春天的早晨，一只金蝴蝶飞过崖壁，娇嫩的翅膀碰着了一株草，生疼生疼的："咦，你是谁，你的叶子怎么这么硬？"

"我是一株花！"

"花？明明是草，偏说自己是花！"听到这位不知从哪里冒出来的家伙，竟狂言自己是花，谷底的蝴蝶兰撇了一下嘴，露出鄙夷的神情。

"就是就是，你看那枯黄的叶子，才刚刚长出，就硬得要命，不是草，是什么？"狗尾巴草连声附和。

"对呀！草不长在谷底，爬到崖壁，看有它好果子吃的！"

花儿不再说话了，她看看自己，的确好小，才冒出了一点点芽尖。不禁，想起了从前……

（二）

五百年前，百合谷，百府。

一声婴啼，百夫人诞下了一个女婴，取名百合。

十八岁，百合长得亭亭玉立，前来提亲的人络绎不绝。

百合谷，合府，将门世家。世世代代，精忠报国，立下赫赫功绩。可惜自古忠孝难两全，由于长年驰骋沙场，为国捐躯，合府男丁稀疏，合老爷很是忧心，他不想后继无人。

最近，边疆战事吃紧，朝廷发文，钦点独子合欢秋季挂帅出征。

合欢，二十五岁，玉树临风，少年有成，已是军营的一名校尉。一心从戎，还未婚配。

合老爷已给他说过多门亲事，他都以军务繁忙为由，不予见面。

这可急坏了合老爷，这小子的性格咋和自己一模一样呢？要知道，合老爷的夫人生下合欢后就离世，家人劝他再娶，但是，合老爷志在军门，决心保家卫国，不再续弦。

夫人去世后，他把合欢托付给双亲，请了师爷教他读书习字练武。合欢不负众望，二十五岁即是校尉，合老爷甚是欣慰。

眼下，香火与战事一样吃紧，合老爷决定亲自张罗，物色一名女子，启禀朝廷开恩，赐合欢出征前成亲，不怕他不从。

消息一出，八方媒婆，纷纷登门。

昨日，百合谷媒娘呈上一生辰帖。合老爷一看，与犬子合欢六合。不错，就这女子了！

（三）

百合谷，百府，媒娘正喜滋滋地给百老爷百夫人汇报说媒情况。

"八月十五？"

"没错，夫人。合老爷定的婚期。"媒娘说。

"嗯，倒是个好日子，就是有些急，我还要给百合儿说说。"

谢过媒娘，百夫人来到百合闺房，进门就闻到一股幽香。

"百合儿，你熏的啥，这么香！"

"母亲，女儿没有熏香，在绣花呢！"

"绣花？"

"对，母亲请看！"

百夫人仔细一看，果然，女儿正在绣花，绿色绢布上，一朵洁白的花儿正在绽放，那花儿似乎吐露着芬芳。

这时，已是晌午，阳光从窗户进来，照在了花朵上，那花儿越发娇艳，满室生香。一只金色的蝴蝶翩翩飞来，落在了花朵上，闪动着翅膀。

"真是异象啊！"百夫人心里一惊，自古以来，蝴蝶本是幸福的象征，蝴，就是福嘛。但在百合谷，传说，如果看见单只蝴蝶飞来停在花朵上，那就意味着离别，不吉祥。不过，凡事都有例外，何况，这仅仅是传说，不必当真。想到此，百夫人夸赞道："女儿的花，绣活了！"

"母亲谬赞！女儿手拙，绣不好，若好，就不止一只蝴蝶飞来了。"

"哪是呢？你看为母绣的，就吸引不了蝴蝶！"

"嗯，也是！"百合笑了。

"女儿，你已经十八岁了，也该出阁了！"

"母亲，女儿不嫁，一辈子守着你！"

"傻孩子，女儿长大了，是要离开母亲的！"百夫人就把合府提亲的事情告诉了女儿。

百合一听，是合府合欢，脸红了。她记得，十五岁那年的元宵节，随母亲观灯，在百合桥的比武擂台上见过这少年，英姿飒爽，武艺超群。

"行吗？"看见女儿红着脸，低着头不说话，百夫人问。

"女儿全凭母亲做主！"说完，百合双手捂住了脸。

"呵呵呵，好!"百夫人笑了。

（四）

八月十五，中秋节。

百合桥上，站满了乡里乡亲，合府迎亲仪仗队空前。百合坐在花轿里，听到外面说——

"新郎官好俊啊!"

"谁家姑娘这么有福气!"

百合的心里甜蜜蜜的。

"嗒嗒嗒……"远处，传来了急促的马蹄声，吓得人群立刻往两边分。

"报!"原来是飞马快报。

"何事?"

"报告军爷，朝廷命你即刻上京!"

"啊!"合欢一愣，看了一眼花轿，飞身下马，单脚跪地，"卑职领旨!"然后，对着管家耳语了几句，立刻飞身跨上枣红马，双腿一夹，"驾!"打马扬鞭，绝尘而去……

事情来得太突然，就像做梦似的。人群哗然，百合呆在花轿里。

"小姐!"管家来到花轿边，鞠躬喊百合。百合呆呆地坐在花轿里，还没回过神。

"小姐……"见百合没反应，管家又喊了一句。这回，百合听见了，她摇摇头，答应了一声。

"我家少爷说，对不住您！没和您拜堂成亲，吩咐属下送小姐回去。"

管家这番话，让百合如梦方醒。她想："我是皇恩御批与合欢成亲的。如今，还没拜堂，夫君就应召离去，我应到合府伺候公公，等候夫君！"

想到这里，百合说："管家，送我到夫家吧！我生是夫家人，死是夫家魂。"

听到小姐这样说，管家很感动，起轿把小姐接到合府。

到家以后，管家把事情经过陈述给合老爷听。合老爷庆幸找到了一个好儿媳！

（五）

光阴荏苒，转眼过年。

元宵节的晚上，飘起了鹅毛大雪，天特别冷。合府上下都在挂红灯笼，放炮仗，猜灯谜，处处洋溢着节日的气氛。

一会儿，百合看见管家进来，在公公耳边说了什么，就见公公走了出去。

紧接着，管家吩咐下人，停止放爆竹，撤去红灯笼，挂素布……

"这是怎么了？"百合很纳闷。

下人们一边挂素布，一边用异样的眼光看百合。看得百合莫名其妙，浑身难受。

"啊！不好啦！老爷去了！"

原来，朝廷来报，合欢已为国捐躯。合老爷接受不了这个事实，突发脑梗，也去了。

"丧门星……"

"丧门星……"

连着失去两名男丁，合府从此断了香火，人们都说百合是丧门星。她百口莫辩，欲哭无泪，身无所依。

夜深人静的时候，百合茫然地走出家门。大雪把黑夜映成了白天，她跌跌撞撞地走在雪地里，周围没有一个人，偶尔听见爆竹炸裂的响声。不知不觉，她来到了百合桥。

东风夜放花千树！在这个灯火阑珊的夜晚，百合想起十五岁的元宵夜，在百合桥第一次看见合欢在擂台上比武的情景，那少年，是那样的英俊，百合的眼中充满温情，内心那样甜蜜。

可如今，轰隆隆，大厦倾……

"夫啊，此生，你还欠为妻一个婚礼！"百合悲痛欲绝，眼泪顺着脸颊流……

她登上百合桥，望着茫茫长夜，向着远方喊了一声："夫啊，等着我，为妻来找你了……"

雪，越下越大，越下越大！百合桥上飘下一团白影，雪花托着她。长空中传来一个声音："阿弥陀佛！姑娘，你乃云裳仙子。五百年后，你将是无人谷的中庭……"

（六）

那声音似乎还在耳边回响，花儿看着自己小小的芽尖，默默告诉自己："快快长，证明自己是一株花！"

春天过去，夏天来临。

山林里下起了大雨，山洪来了。崖壁上光秃秃的，没有遮蔽。花儿被冲得东歪西倒，只剩下一条根系在崖缝里。它紧紧抓住岩石，努力把根往下扎。终于，雨过天晴，彩虹出现在天空里。

谷底的狗尾巴草看见崖壁上狼狈不堪、命悬一线的花儿，讥笑道："瞧它那模样，认不清自己，偏要攀高枝！"

"昨晚的洪水没把它淹死，就算它烧高香了！"

"躲过了初一，躲不过十五！"蝴蝶兰眼睑一垂，不屑地哼了一声。

花儿没有理会这些风言风语，它继续把根往崖缝里伸。

五月，花儿的茎长长了，长粗了，它翠绿而大片的叶子直直地伸向了天空。在茎的顶端，花儿打了一个花苞，圆而饱满。

"看啊！"常春藤惊呼，"那家伙生病了，长了一个瘤！"

大家齐抬头，看见花儿高高擎着的花蕾，纷纷摇头，说："从来没见过这样的怪胎！"

太阳挂在天上，花儿的叶子努力吸收着营养，把肥美的汁液送给花蕾。花蕾越长越大，越长越大……

七月的早晨，无人谷里，雾气刚刚散去，阳光透过云层照下来。人们听到崖壁上传来"嘣"的一声响，大家抬头望去，那株草头上的瘤裂开了，大家张大了嘴巴："它是要死了吗？"

"哼，没有长对该长的地方，不死才怪呢？"狗尾巴草轻蔑地说了一句。

这时，人们看见，一只金蝴蝶飞来，悠悠地上了崖壁，围着花儿转呀转："你就是它们说的那株草吗，为什么身上有百合花的香气？"

"我是一株花，名叫中庭！"花儿微笑着对蝴蝶说。

"中庭？没听说过！"

"听听，连蝴蝶都没听说过有这种花，这不明摆着是草吗？"常春藤抖了抖叶子。

"哼！"蝴蝶兰情不自禁地哼了个鼻音。

（七）

秋天到了，中庭看见，大雁往南飞了。

无人谷里的草也开始黄了！

"嘣"，人们看见，崖壁上滚下一个黑漆漆的东西，不知滚到了哪里？

一年，两年……许多年以后，人们发现，无人谷里，这种草越来越多，越来越多；这种草头上的"瘤"也越来越多，越来越多……

　　这种草散发的香气，飘得满谷都是，无数的金蝴蝶、白蝴蝶、红蝴蝶飞来，围着这种草翩翩起舞，说："尽管它们是草，但是很香！"

　　一天，中庭发现，谷底的石桥上，站着一个穿着白纱裙的女孩，她看着满谷洁白的花儿，使劲招手，大声喊着："百年，快来看啊！好美丽的百合花啊！"

　　"吁……"

　　这时，一个骑着枣红大马的少年出现在桥上。这少年明眸皓齿，温文尔雅，风度翩翩。他一勒缰绳，站立，眼前这盛开的百合花，让他震撼。多少次在梦里，出现过这景象，崖壁上的一株草对他说："我叫中庭！"

　　他抬眼一看，前方有一个崖壁，崖壁上有一株草，这株草和梦中的中庭一模一样。世上，怎么会有如此巧合的事情？

　　中庭也看见了少年，那玉树临风的模样，分明就是五百年前百合桥上的少年合欢！中庭的心悸动了一下，眼里盈满了泪花。

　　"百年，你在看什么？"女孩走过来，拉着少年的手，撒娇着。

　　"如意，你看，崖壁上有株中庭！"

　　"中庭？"

　　"对！百合花，又叫中庭，等我上去为你摘来！"

　　"百年，太高了，危险！"

　　"放心，你忘了，我会飞！"说完，少年张开双臂，腾空而起，眨眼来到崖壁。他轻轻摘下中庭，含在嘴里，飞下来，落在女孩面前，深情地对她说："如意，今天，我要请满谷的百合花作证，让你成为我的新娘！"然后，把中庭做成花环，戴在女孩的头上。

　　此时，无人谷里，百鸟齐唱，蝴蝶翻飞，如意成了百年最美的新娘！

　　人们看见，如意头上的那株草，闪着晶莹洁白的亮光——

　　啊，原来，它，真的是一株花啊！

28

与你的缘

（一）

与你，在五月，结了缘。

那时，晴，正痛着！

五月的阳光，温暖灿烂，照在身上，晴也感受不到温暖。

晴，是一个温婉的女孩，饱读诗书的她，心地善良，诗意的情怀让她常想：前世是不是一株仙草？

晴，爱种花，栽草。门前花园里：牡丹、栀子、芍药、紫苏、芦蒿、状元红……从春到冬，从秋到夏，花，开了一茬又一茬。

花园的旁边，有一块石头。这块石头，方方正正的，究竟从哪里来，有多大了？晴不知道，爸爸妈妈也不知道。

晴看见它的时候，黑漆漆的，上面落满了枯叶，长满了青苔，有时，还爬满了虫子。它，会难受，会痛吗？晴给花草浇水的时候，就会把石头身上的枯叶捡去，把虫子赶走，把青苔栽到土里，用水把石头洗干净。啊，这是一块多漂亮的石头啊，红亮亮的！

这时的晴，读《红楼梦》了。黛玉，那样的一株绛珠仙草，倾国倾城，却不敌风刀霜剑，最后，把一生的泪流给了石头。前世的相欠，今世还！晴想：这是怎样的一块石头，要为其流尽一生的泪？真痛啊，若我和他有缘，希望他能护我一世周全！

就这样，晴，陪着花草们，还有那块石头，一起成长！

礼拜日，同院的女孩都相约赶集了，晴，却在家里读书，种花，做饭洗衣裳。她是爸爸妈妈眼里的乖乖女。

阿婆说："闺女，以后我给你介绍个婆家！"

"阿婆，不用了，我要去远方！"晴笃定，她的归宿在远方！

…………

多年以后，晴，真的来到了远方。

（二）

这里气候宜人，大山环绕，山上有荆棘，有红果，还有山茶花。

深秋季节，透着初冬的寒意。漫山遍野，山茶花开了，洁白的花瓣藏在绿叶间，若隐若现。

晴，爱上了山茶花。她，扎根在了这里。

…………

备受呵护关爱的她，全身心爱着这个世界，感觉生活是如此的美好：每天，一睁开眼睛，就能看见美丽的风景；一张开嘴巴，就能呼吸到新鲜的空气；一竖起耳朵，就能听到虫鸣鸟语……

可是，天有不测风云。晴，不知中了什么蛊？她痛了！

那天，天黑了，星星已经闪烁在天空。路上行人，步履匆匆。

晴从公共汽车上下来，准备走路回家。路两旁的梧桐树，高大参天。想起"凤凰鸣矣，于彼高冈。梧桐生矣，于彼朝阳"，晴的内心充满了温情。

尽管摔了一跤，好在遇到了哥，人生也没啥遗憾的，一切都还吉祥！

正想着呢，突然，晴感觉自己的背被什么东西抓了一下，她回头一看，没有啥啊？

奇怪的她，继续往前走着。

可是，越走她感觉自己的步履越沉重，背上像有千万的网把她网住，好像地球要把她往下拖。她，走不动了！

"哥，救我！"晴在心底呼唤着。

但，哥在很远的地方，听不到。

坚强的晴抱定信念："我要走回去，我是晴！"

终于，晴回到了家！

接下来的日子，医生也没查出晴痛的原因。

每天，晴都在身体的疼痛中煎熬！人们看见她很好，可是，没有人知道她是怎样忍受病痛的折磨！

有段日子，她莫名地害怕看到一些情景，看到这些情景，她就心烦意乱。她告诉自己，人生的路，走过了就不要重复。

晴这才明白，自己中了什么蛊？

孩子，谁是你的救赎？

"世上没有救世主，一切都要靠自己。只有你自己，才是自己的救赎！"一个声音告诉她——

南无阿弥陀佛……

（三）

日子，一天天过去。

晴感觉到了自己身体的不行——世界如此美好，我怎能就此离去？

五月的时候，晴痛得更厉害了！

有一天，她想上网逛逛。忽然，一串红色的珠子映入眼帘，就像小时候花园边那块石头的颜色。这串珠子，还是莲花形状的，老板说是朱砂！

朱砂？

晴不了解什么是朱砂，她上网查，说朱砂可以避邪。真的吗，一向唯物的她将信将疑。

老板说："试试，也无妨。"

于是，这串朱砂来到了晴的身边。她每天戴在手上，和它形影不离。或许，是心理作用，她感觉一切似乎好了些!

晴又重新开始喜欢侍弄花草了，人们又听见她哼歌弹琴了!

但，晴没有完全好利索呢。

那天，她买来了好多月季花，想插在花瓶里。这些月季花的秆上好多刺啊，晴小心翼翼地用剪刀剪刺。

"哎哟!"毕竟刺太多，晴的手流血了，她喊了一声："哥!"

哥赶紧过来："小心点啊! 别感染。"拿来药箱，给她清洗包扎，"不要剪了，我来!"

自那天，晴感觉自己好了!

闺蜜说："你，经历了一场血祭!"

(四)

十月，晴和闺蜜要去一个很远的地方办事。这个地方，山清水秀，云蒸霞蔚，群山连绵起伏，石头林立，叫"石磬"。

晴带着珠串来到这里。

事情办完了，晴准备返程。

在车上的时候，珠串不见了，再也找不到了，晴的心空落落的!

闺蜜说："不用找了，珠串看见你现在平平安安的，想自己没必要再在你的身边了。你也把它送回了它该去的地方，你们的缘已尽! 它在远方默默祝福你，护你一世周全!"

是这样吗?

晴望着窗外——

车在辽阔的旷野飞驰，晚霞在天边拉开了彩带。青山依旧，山茶花点缀其间。

哦，已是深秋了！

到家了！

推开门，晴看见——

哥，已经做好饭，在等晴……

29

路灯下，跑过一只懂你的鼠

（一）

　　夜幕降临，天上下起了小雨。已是深秋，凉飕飕的。

　　人行道的路灯，昏黄昏黄的，街上没有一个行人。

　　一只全身漆黑的老猫，拖着沉重的步子，走在人行道上。若不是路灯拉长它的影子，没有人看见它是一只猫。

　　老猫真是老了！嘴边的胡子没几根，几颗门牙也不见了，瘪起了嘴。糟糕的是它的眼睛瞎了一只，还老长眼屎，敷得满眼都是，看上去脏兮兮的，还没走近，就能闻到一股腥味。

　　老猫，曾经也是很美的。

　　它生活在万达小区的别墅里。高贵的血统，光滑，黑得纯正的猫毛，有人说，它是女神巴斯特的化身，深得主人宠幸。

主人是一位善良的女子。其丈夫是一名商人，事业有成，人帅多金。

女子名叫夕颜，是一位芭蕾舞者，二八芳华，容颜姣好，体态婀娜，舞姿优美，宛若惊鸿。

夕颜的父亲，是 C 市夕鸿房地产集团总裁。母亲也是一位美丽的芭蕾舞演员。可惜，在生夕颜的时候，不幸难产去世。父亲深爱妻子，悲痛欲绝，从此，把所有的爱倾注给夕颜。

夕颜的名字，是父亲取的。因为母亲偏爱一种花，这种花叫月光花，外形很像打碗碗花，也就是喇叭花，也叫夕颜。在夕颜家的花园里，母亲遍种月光花。七月的时候，月光花开了，红的、紫的、白的，五颜六色，爬满花园的篱笆。

父亲工作很忙，可是晚上都会回家陪母亲。为了不让母亲孤独寂寞，父亲给母亲买了一条小狗。这是一条土狗，麻灰灰的，不好看。可是，母亲喜欢。

那是一个星期天，父亲难得休息，就带母亲逛花鸟市场。花鸟市场很热闹，琳琅满目的花，叽叽喳喳的鸟，汪汪叫的狗，看得母亲眼花缭乱。

忽然，母亲看见花店旁边的墙上，开满了五颜六色的月光花。花下，蹲着一位老婆婆，她手里提着一个篮子，篮子里装着一条小土狗。这条小土狗，看上去刚出生不久，瘦弱，全身的毛卷曲。不知是不是饿了，在可怜地呻吟。

母亲拉了拉父亲的手，说想买这条狗。

父亲一看，这就是一只乡下土狗，要养就养名贵的。可是，母亲不愿意。

老婆婆看母亲喜欢这条狗，就说："姑娘，这是一只流浪狗，我看它可怜，就捡来。我老了，不能养它了。你发发善心，收养它吧！"

"汪汪"，听见婆婆这么说，小狗叫了两声。

"爷！"母亲喊了一声父亲。公司里的员工都叫父亲"爷"，母亲觉得很好听，也叫父亲"爷"。

"好，婆婆，就买这只土狗吧。"终于，父亲答应了母亲。

小土狗来到了夕颜家。

母亲给它洗了澡，吹干了毛，又给它弄好吃的。不久，小土狗就长得玉滑滑、毛茸茸了。

每天，小土狗都跟着母亲在花园里侍弄花儿，它最爱蹲在月光花下面晒太阳。阳光从月光花的叶子缝隙间透过来，闪闪烁烁的。小土狗眯着眼，惬意地看着前面——

录音机里，柴可夫斯基的《天鹅湖》音乐响起，母亲穿着洁白的纱裙，站在花园的绿草坪上，轻舒双臂，就像一只翩翩起舞的白天鹅。

小土狗看得如痴如醉。

一曲终了，小土狗从地上衔起一朵月光花送给母亲。

"呵呵呵"，母亲笑了，摸着小土狗的头，"真懂事！"

不久，母亲就怀了夕颜。母亲身体娇弱，怀夕颜的时候经常呕吐，吃不下东西。父亲吩咐家里的厨师、阿姨、医生，小心照料，每天变换着各种营养膳食。

七月，月光花开放的时候，母亲分娩了。

那天早晨，母亲疼痛难忍，被早早送去了医院。小土狗在花园里焦急地跑来跑去。

"哇"，随着一声婴儿的啼哭，夕颜来到了人间。

"不好了，产妇大出血！"医院里一片慌乱。医生们全力抢救，也没有把母亲从死神的手里夺回来。

瞬间，父亲苍老了许多。他把夕颜抱回家，看着襁褓中的她，长得多像妈妈，于是给她取名夕颜。

夕颜遗传了母亲的优点，修长的双臂，修长的双腿，柔软的腰身，有神的丹凤眼，天生就是跳芭蕾舞的料子。

五岁的时候，父亲就请了 C 市有名的芭蕾舞老师，教授夕颜芭蕾。夕颜不负父亲厚望，芭蕾舞艺渐进，出类拔萃。舞蹈学院毕业以后，顺利进入了她梦寐以求的 C 市芭蕾舞团，成为首席舞者。

此时的夕颜，长得亭亭玉立，犹如林中仙女。她美丽，伴着灵魂香气的舞蹈，圈了无数的粉。

每次跳舞时，夕颜都要在头顶的帽子上，别一朵紫色的月光花，是那样梦幻雅致。所以，夕颜有了一个艺名"紫月光"。

凡是有紫月光的舞场，芭蕾舞团的售票窗口前面，一定排起了长龙，高价售卖，一票难求。

那情景，空前绝后……

（二）

《天鹅湖》已经表演第三场了。芭蕾舞剧院里，座无虚席。

第一排中间的座位上，坐着两个西装革履的男生，一个叫夕里，一个叫斐青。夕里是夕颜的表哥，夕鸿房地产公司年轻的副总。斐青是夕里大学时的同学，长得眉清目秀，鼻梁高挺，让人想起大卫。读书时，成绩又优异，是女孩心中的王子。

斐青家在农村，父母都是农民，祖祖辈辈躬耕土地，日晒雨淋。斐青从小看到了父母的艰辛，学习努力，一心想跳出农门，改变自己的命运。

斐青知道自己的处境，成绩优异，人长得帅是事实，可他并不是王子，他清楚自己想要什么。大学期间，不乏倾慕追求他的女孩，可他都委婉拒绝，一心一意读书。

大学毕业后，他先后到几家公司就职，无奈世事弄人，事业一直不见起色，无钱无房无车，走投无路时，遇见了大学同学夕里。谈起自己的经历，夕里当即把他安排在了公司采购部门，做了总经理助理。

斐青从小在农村长大，吃苦耐劳，很快公司业绩日益攀升，他自己也坐上了总经理的位置。

这天，夕颜的《天鹅湖》表演第三场，表哥说要来给夕颜捧场，顺便拉斐青一起来。

帷幕缓缓拉开，音乐声响起，一只头顶戴着紫色月光花的白天鹅，迈着轻盈的舞步，跳了出来，五彩的霓虹灯下，是那样的高贵美丽。

斐青看呆了，天下竟有如此美丽的女子。

"啪啪啪"，舞曲终了，剧场响起了雷鸣般的掌声。

"表哥！"一只"白天鹅"飞了过来，扑进了夕里的怀抱。

"傻丫头，还小啊？不害羞！"夕里刮了一下夕颜的鼻子，"来，给你介绍，这是我的同学，大才子，我们公司采购部总经理斐青。"

斐青被夕颜的美丽惊呆了，还在回味中，听夕里介绍，才回过神来，看到近在眼前的夕颜，竟满脸绯红，手足无措。

"呵呵，真帅，你好，我是夕颜。"还是夕颜大方，主动伸出手向斐青问好，还不忘夸他一句。

斐青受宠若惊，连忙握住夕颜的手："你好！"

这次见面，夕颜和斐青，彼此都给对方留下了好印象。

斐青与夕里，也走得更近了。

（三）

七月的一天，夕里约斐青到夕颜家做客。

中午，一辆红色法拉利驶进夕府大门，停在花园旁边。车门打开，车里走下两人，梳着卷发，戴着墨镜，周身雪白西服的是夕里，穿咖啡色西服的是斐青。

斐青刚下车，一条灰狗从花园里跳出来，龇着牙，对着他"汪汪"直叫，不让他前行，吓得斐青大叫一声，站在原地一步也不敢动。

"灰！"听到狗叫，夕颜连忙从屋子里出来，呵斥道，"不得无礼，这是客人！"夕颜叫的"灰"就是小土狗，它长大了，也老了。

"汪汪"，尽管遭到夕颜呵斥，灰狗还是又对着斐青叫了两声。

"阿姨，来把灰牵到花园去！"夕颜狠狠瞪了灰狗一眼，灰狗才怏怏地随着阿姨离开。

"今天，灰是怎么了？"夕里说，"它从不咬人的！"

"我也不知道呢！"夕颜一脸歉意，"不好意思啊，斐青。"

"没关系，灰和我不熟悉。"斐青惊魂未定，看见夕颜给自己赔礼，连忙强装笑脸，但是心里对灰很烦。

以后，斐青每次来，夕颜都把灰关在花园里。

两年以后，夕颜和斐青举行了婚礼，新房就布置在夕府。

夕颜结婚的第二年，父亲脑溢血离开了人世，夕颜非常悲痛。斐青被推荐做了夕鸿集团的总经理。

做总经理以后，斐青工作忙了起来，回家的日子少了。

一天晚上，斐青回来了。夕颜特别高兴，对他说："青，明天我们剧团要演出，我跳《天鹅湖》，你有时间吗？"

"明天我们刚好开董事会，走不开呢。"

"哦，好嘛！"夕颜总是善解人意，很支持斐青的工作。

"下次啊，乖，下次一定去！"斐青抚摸着夕颜的头说，"颜，有个事情想和你商量一下。"

"啥事儿？"夕颜偎在斐青怀里。

"你看啊，爸妈在乡下，年纪大了，我又不在身边，孤独可怜。种一点菜，都被人偷了，他们想养一条狗做伴看家。爸妈很喜欢灰，你看，能不能把灰送到乡下，陪陪爸妈？"

夕颜是个孝顺的孩子，自从父亲去世后，她多次跟斐青说，请他爸妈到城里来居住。可是，斐青总说爸妈习惯了乡下生活，不愿来城里麻烦他们。现在听斐青说把灰送到乡下陪爸妈，夕颜一口答应了。

第二天，夕颜起床的时候，问斐青："灰呢？"

"怕打扰你，我一早就叫人送走了！"

"怎么没听到灰叫?"

"可能是怕影响你今天表演,灰走的时候很乖,没发出一点声音!"

"哦!"夕颜哦了一声。

吃完早饭,司机把她送到了剧团……

(四)

"叮铃铃",总经理办公室里的电话铃声急促响了起来。秘书接到电话后,迅速来到会议室,走到斐青身边,左手拢住脸,和斐青耳语了几句。斐青立马站起身,对大家说:"各位,不好意思,我有点急事,今天的会就到这里!"说完,匆匆走了出去。

"司机,快,C市人民医院!"斐青急急掏出手机,拨了一个电话,"夕里啊,夕颜受伤了!"

"是的,剧团枕木掉下来砸碎了夕颜的腿。我已经在医院了,她正在手术室抢救!"电话那边传来了夕里的声音。

"谁是患者家属?"医生推开门问。

"我是!"斐青刚好赶到,一边擦汗一边说。

"患者左腿粉碎性骨折,导致软组织局部坏死,必须高位截肢,否则,会危及患者生命!如果同意,请家属签字。"

"截肢?"斐青和夕里惊问。

"是的,不截肢,会有生命危险!请快一点,不能耽误!"医生急速说完这段话,有些不耐烦。

"这!?"斐青和夕里，互相看了一眼，他们担心，夕颜是芭蕾舞蹈演员，没有了腿，她还能跳舞吗？这对她将是一个沉重的打击。可是……斐青在做着激烈的思想斗争！

"签不签啊?"医生催促着。

"斐青，你签吧。"夕里咬咬牙，说，"到时夕颜怪罪，我担着!"

斐青颤抖着手，在手术同意书上签了字。医生拿着同意书走进了手术室。

"滴答，滴答……"医院是如此的安静，能听得见挂钟发出的滴答声。

一小时、两小时……五小时过去了，手术室的门打开了，手术车推了出来。夕颜还在昏迷中，她被推进了特殊观察室。

第二天，当夕颜醒来的时候，夕里和斐青已经坐在了她身边。看见他们，夕颜想坐起来。她动了一下，发现左脚使不了劲。这时，夕颜才知道她的左腿没有了。她放声大哭，悲痛欲绝。医生赶紧过来安抚她的情绪，给她打了镇静剂。

一月以后，夕颜伤口痊愈，回到了家里……

此时的夕颜，如同换了一个人，每天眼神恍惚，呆呆地坐在轮椅上，一动不动。

为了让夕颜高兴，斐青在国外给她买回来一只猫。这是一只黑猫，曾经，夕颜说过她喜欢。

这只黑猫看上去特别高雅，有气质，毛色光滑，细腻，也很通人意。来到夕府以后，成天黏着夕颜，温顺地躺在她身边，讨她欢喜。

黑猫来了以后，夕颜似乎开心了一点。出太阳的日子，她让黑猫偎在自己怀里，坐在窗下，看对面的花园。

花园的篱笆下，有一个鼠洞。冬天，老鼠好像下了崽崽，沿着篱笆墙根，跑进跑出，为鼠宝找吃的，爬上墙偷挂在篱笆上的果子。

一次，老鼠刚刚爬上墙，黑猫看见了，"喵"地叫了一声，吓得老鼠一哆嗦，从墙上滚下来，抱头钻进鼠洞，两天不敢出来。

（五）

春天，斐青从乡下把母亲接到城里来，和夕颜他们住在一起。

花园里的月光花开始发芽，春风吹着，叶子慢慢长大，爬了一墙又一墙。

夕颜正抱着黑猫，坐在楼上的窗户下晒太阳，看到花园里爬满墙的月光花，想着它们开花的样子，脸上露出了笑容。

突然，她听到一个声音："咋长这么多花哦，抢肥了。"

夕颜仔细一看，原来是斐母扛着一把锄头来到花园，看到满院子的月光花，一边念，一边用手扯，几下子就把月光花从篱笆墙上扯下来，堆在墙角里。

"啊！"夕颜大叫一声，一口鲜血喷出来。黑猫吓得连忙跳开。

"不好了，小姐吐血了！"阿姨大声喊，医生急忙提着药箱上楼来。阿姨心疼地打来水给夕颜洗干净血迹，医生用听诊器给夕颜听诊。

"嗯，没事儿，急火攻心，吃点药就好了!"医生安慰着。

"嘎"，一辆法拉利停在了大门口，得到消息，斐青火速回来，"好好的，怎么吐血了?"

"呜呜……"夕颜已经缓过气来，正在哭泣，"月光花，我母亲的月光花!"

斐青向窗外看去，花园里光秃秃的，满园的月光花不见了!"这是怎么回事?"他皱着眉问。

"抢肥，我扯了种菜。"斐母对儿子斐青说。

"好，妈，花园以后就种菜。"斐青看着母亲，"妈，您累了，阿姨，带我母亲休息。"

"啊?"听到斐青这样说，夕颜心里顿时痛了一下，但她没有再说什么，只是对斐青说，"回来啦! 我想休息了。"

"好! 你先休息着，我晚上还有一个应酬。"说完，斐青扶夕颜上了床，然后驾车出去了。

从此，夕颜不再看花园，黑猫倒是喜欢到花园去，在斐母身边跑来跑去。斐母经常给它鱼吃。

篱笆墙上的月光花没有了，鼠洞没有了遮盖，老鼠白天不敢出来，怕斐母看见。

晚上，当万家灯火亮起来的时候，老鼠常常看见夕颜在孤独地流泪。

不知从什么时候开始，斐青带回来一个女子。这个女子名叫红衣，长得很好看。晚上和斐青住在别墅的阁楼里，这个阁楼在鼠洞的旁边，曾经是夕颜母亲和父亲住的。

一天，老鼠听见红衣对斐青说："亲爱的，听说夕颜的那只黑猫很漂亮，我想养!"

"这不好吧，我另外给你买一只！"

"不嘛，我就要！"

"喵……"红衣话音刚落，听到门外有一声猫的叫声。红衣打开门一看，是一只黑猫。

"哟，好漂亮的黑猫！"红衣惊叹一声。

"黑猫！"斐青走过来。

"喵……"看见斐青，黑猫又叫了一声。

"衣，这就是夕颜的黑猫！"斐青说。

"真的！"红衣眼睛亮了，她蹲下去抱黑猫。

"喵……喵……"黑猫很温顺，用它光滑的身子蹭红衣。

"呵呵呵……好痒哦！"

"喵喵……"红衣越说，黑猫越蹭，弄得红衣发出开心的笑声。

"好吧！看来，黑猫很喜欢你，就让它留在这里吧！"斐青说道。

就这样，黑猫留在了阁楼里，再也没有去过夕颜的屋，每天懒洋洋地瘫在沙发上，等待红衣女。

老鼠很看不起黑猫，它对孩子们说："记住这只老猫！"

（六）

冬天到了，雪花簌簌地从天上飘落下来。地上，树上，房顶上，到处白雪皑皑。下雪了，一年就要过去了，夕颜很感慨。

突然，电话铃响了起来。她拿起电话："表哥!"

"夕颜，你要挺住哈!"电话那头夕里尽量保持着冷静。

"没事，表哥说!"

"公司出事了! 在建的夕达商住楼倒塌了，损失惨重。"

"啊，什么原因?"夕颜吃了一惊。

"经查，是采购部进的钢材质量有问题，这个项目是由斐青负责的。董事会研究决定，一切损失由斐青承担，否则，他可能吃官司。"

"啊，不要，表哥，斐青在哪里?"

"在公司里! 未赔上损失，他暂时不能离开!"

听到斐青在公司，夕颜松了一口气："表哥，损失多少? 看有没有办法弥补?"

"除了斐青拿出的款项，还差一个亿!"

"这么多!"

"嗯!"

夕颜沉默了! 想起父亲临走时，拉着她的手，对她说："女儿啊! 为父也没有什么留给你! 如果遇到困难，在鸿通银行，为父给你存有一笔钱，你可以用来救急!"

想到这里，夕颜抿了抿嘴唇，对夕里说："表哥，请你到家里来，我有事请你帮忙!"

…………

一周以后，斐青回了家。

他一步一步走上楼，感觉脚步有些沉重。好久不曾回来，他感觉好陌生。这次出事，全在他把关不严，让底下员工钻了空子。他感激夕里出手相救，因此，想来看看夕颜。

斐青推开门，夕颜正坐在轮椅上看芭蕾杂志。她抬头笑着对斐青说："青，回来啦！"

"嗯"，斐青走到夕颜对面的椅子上坐下来，"最近，公司事情多，都没有照顾到你！"

"没关系，你忙，我知道的，你不用担心我。"夕颜嘴角勾起一丝微笑。

斐青站起来，走到茶桌边，倒了一杯水，递给夕颜："来，喝杯水！"夕颜接过茶杯，轻轻喝了一口，抱着杯子，和斐青久久地坐着，相视无语。

"还想喝吗？"

"不喝了！"

斐青站起来，从夕颜手里把杯子拿过来，放在桌子上，说："颜，我一会儿还有事出去，你早点休息。"他把夕颜轻轻抱到床上，扶她躺下，盖好被子。

"好，你去，早去早回。"

（七）

从夕颜房里出来，斐青直接去了阁楼。红衣抱着黑猫，斜靠在沙发上。看见斐青进来，一动也不动，有点不高兴的样子。

斐青说："衣，我回来了，你怎么不高兴呢？"

"有什么值得高兴的？被人卖了都不知道！"

"被谁卖了？"

"谁?"红衣一边拨弄猫毛，一边阴阳怪气地把斐青怎么解围的事说了一遍。

"你听谁说的?"

"你不管是谁说的? 还是夫妻，这么多钱还瞒着你，我看迟早你可要鸡飞蛋打了。"

红衣的这番话，让斐青大吃一惊。他没想到，夕颜有这么多钱瞒着自己，这哪里把他当丈夫? 但他不能去问夕颜，因为他没有给过夕颜一分钱，夕颜总说，她不需要钱。

但是，斐青的心里，有了自己的主意，他决定和夕颜离婚。

时间过得真快，一晃就要过年了。窗外飘起了雪花。夕颜想起小时候，和父亲在花园里堆雪人、打雪仗的情景，她就特别温暖。

晚上，雪花还在簌簌地下。

阿姨端水果进来，给夕颜吃。

"阿姨，下雪啦!"

"是啊，小姐。今年的雪下得很大!"

"阿姨，你打开窗，我想看看雪花!

"咦，太冷了!"

"不要紧，就一小会儿。"

阿姨走到窗户边，轻轻打开窗户，洁白的雪花从空中飘落，就像暗夜里的精灵。夕颜看得如痴如醉。

突然，夕颜听到远处的阁楼里，传来女子的笑声，她很惊异! 阁楼是母亲和父亲的寝居，自从父亲去世以后，她就没有去过，为什么会有女子的笑声呢?

"阿姨!"夕颜大声叫着保姆。

"小姐!"

"快，扶我到阁楼，是不是母亲回来了，我听见女子的笑声。"

"小姐，还是不要去了吧!"

"为啥?"

"这……"

"阿姨，尽管说!"

"是姑爷找的夫人……"

"夫人?"

"嗯，自从小姐出事以后，姑爷就另外找了一个女子，每天晚上带回来，在老夫人房里过夜!"

"啊!"听阿姨这么一说，夕颜的心剧烈地痛了一下，感觉血一滴滴在滴，但她强忍着没有表露出来。她用手紧紧抓住自己的胸口，隔了好久，才说，"阿姨，这件事不要对别人说，也不要告诉姑爷。"

"明白，小姐"，阿姨很心疼小姐，她是父亲在世的时候，就来到夕府伺候夕颜的。她是孤儿，没有子女，待夕颜就像自己的亲闺女。

(八)

秋天来了，树叶黄了，一片片往下落。

一天，斐青回来了。他拎着公文包进了夕颜的屋。

看见他回来，夕颜对阿姨说："阿姨，赶紧给姑爷准备点吃的。"

"哦，不用了，阿姨，你出去一下，我想和颜说点事儿。"

"好的。"阿姨出去了，轻轻关上了门。

"青，什么事儿？"夕颜很温和。

"我……我……"看见夕颜，斐青有点开不了口。

"干吗吞吞吐吐呢？你说，我听着。"

"颜，我母亲说我们结婚都这么久了，也没有孩子。农村讲究'不孝有三，无后为大'，思考再三，我想，我们还是离婚吧！"

"离婚？！"夕颜的眼里闪动着泪花，她知道这一天迟早会到来，没想到来得这么快，还是在这金秋季节里。

记得刚结婚的时候，每到秋天，月光花开放的时候，斐青就会带她出去寻秋，或者在花园里，放着《天鹅湖》的音乐，看她在草坪上跳芭蕾舞。一曲终了，斐青都会送上月光花，轻轻为她擦去额上的汗珠……

可如今……

看着眼前的斐青，夕颜感到是那样陌生。自从出事以来，多少个夜晚的孤独，此时的泪，犹如决了堤的河，顺着脸颊流……

"好！"终于，夕颜说出了这个字。

"我，拟好了协议，你看可以就签字。"斐青从公文包里拿出离婚协议书。

夕颜接过来，放在桌子上，说："好，这件事，我要告诉一下表哥。"

"行！我明天回来拿！"说完，斐青走了出去。

第二天清晨，夕府阁楼里，斐青搂着红衣还在睡梦里。突然，"叮"的一声，夕里发来一条信息：斐青，请九点钟到 C 市人民法院。

"法院!?"斐青一个激灵，翻身爬了起来。

"干吗呀?"红衣睡眼惺忪地问。

"夕里叫我去法院!"

"法院?"红衣瞌睡吓醒了，"为什么去法院，不是协议么?"

"这肯定是夕里的主意!"斐青一边穿衣服，一边走出门开车。

斐青赶到法院的时候，夕颜和夕里已经坐在里面了。

法官说："被告人到了，你可以陈述离婚的理由!"

"尊敬的法官!"夕里站起来，向法官鞠了一躬，"我表妹委托我发言，这是委托书。"夕里向法官呈上委托书。

法官们看了，互议了一下，同意了委托请求。

夕里说："我表妹同意斐青提出的协议……"

"慢!"夕里还没说完，法庭大厅里传来一个声音，"尊敬的法官，我有隐情陈诉……"

"隐情?"大家回头一看，原来是夕颜父亲的律师。

"请说!"法官允许。

"夕颜父亲生前立有遗嘱!"

"遗嘱?"大家惊了，"夕总生前有遗嘱!"

"爱女夕颜，自幼丧母，看上斐青，要与之结婚。我观斐青不是善良之人，第一次上门，就被我家忠厚的土狗咬。吾恐他日爱女受委屈，特立此遗嘱：因爱女喜欢，婚后，着董事会晋升斐青为总经理。若斐青对爱女不好，提出离婚，立即罢免斐青在夕鸿集团的所有职务，解除合同，逐出公司，净身离开夕府!"律师宣读完毕，斐青瘫坐在地。

"当"，法官一拍法槌，说，"休庭合议。"

一刻钟以后，法庭宣判，斐青和夕颜离婚。

夕里和律师推着夕颜的轮椅出来，法庭外面的小花园里，几株月光花还在开放，秋风吹来，梧桐树上片片黄叶飘落下来，夕颜不禁打了个寒战。阿姨赶紧过来，拿围巾给她披上……

法庭门口，斐青踉跄着走出法庭。红衣抱着黑猫迎了上去，问情况怎样？斐母给她说了事情的经过。

"什么，逐出公司，净身出户？"红衣大声叫着，使劲一甩，把黑猫砸在了门前的石狮子上。

"喵"，黑猫惨叫一声，撞爆了一只眼睛，摔掉了几颗门牙，砸断了一条腿，狼狈地钻进了花园里。

"姓斐的!"红衣歇斯底里地吼着，"休想让我给你家生娃，我一哈就去堕胎!"

"红衣，你怎么能这样？我家青儿待你不薄!"

"闭嘴，老不死的! 难怪要遭报应，那老土狗灰的肉好吃不?"

红衣的叫骂声，一声声传入夕颜的耳朵，秋风在猛烈地吹着，天上下雨了，夕颜的泪，在流……

（九）

街上，路灯亮起来了!

黑猫艰难地从路边的花园里爬出来，跌跌撞撞地走在人行道上。深秋的雨，是那样寒。它又冷又饿，又饿又痛，"噗"，它倒在了花园边，弹了两下腿……

　　一只老鼠从这里跑过，看到了倒在地上的黑猫，心想："妈妈说的没错，这只老猫果然有今天！"

红指甲

一双绣满红指甲的手，放在键盘上，一动不动。这双手，十指修长，皮肤洁白，光滑细腻。

电脑屏幕上，QQ 对话框里，有一行字，一直定格在那里……

坐在电脑前的是一位女子，齐肩短发，面容姣好，棱角分明，只是眼睛空洞无神，不知她在想什么？思绪飞到了哪里？

（一）

女子名叫云裳，心地纯良，在她眼里，世界就像她自己，每天一睁开眼睛，就能看见天亮了，太阳从东方升起；竖起耳朵，就能听到鸟儿在枝头婉转歌唱；张开嘴巴，就能呼吸清新的空气……

世界如此美好，还有什么可抱怨的呢？

云裳是父母的心头肉，掌中宝，从小像公主一样地被呵护着。

爸爸是有文化的人，从小教云裳读古诗词。古诗词浸润了云裳的灵魂——

出将入相，历来是文人墨客的追求，为何五柳先生却要过"采菊东篱下，悠然见南山"的田园生活呢？

"闻说双溪春尚好，也拟泛轻舟。只恐双溪舴艋舟，载不动许多愁。"词人李清照，在云裳幼小的心灵里，打了一个深深的结。

记得小时候，家里贴画报，云裳最爱的就是词人李清照。那是一个多情的才女，身披蓝色鹅绒斗篷，姣好的容颜，眼睛里却有一丝说不出的淡淡感伤……

就是这样一幅画，刻在了云裳的心上：是什么样的愁，连水都载不动？

（二）

云裳长大了！像所有的鸟儿一样，离开了爸爸妈妈的羽翼，独自经受风雨的洗礼。

云裳有了家，有了属于她自己的家。

然而，天有不测风云，人有旦夕祸福。云裳与夫君两地分居，结婚五六年了还没有孩子。虽然夫君经常说，时下丁克家庭多的是，没孩子也没啥稀奇？

都说，孩子是婚姻的纽带，没有孩子，加之聚少离多，慢慢地，云裳发现，夫君回家的次数越来越少了。

问他，夫君总说，生意应酬多，走不开身。

那时，很流行唱一首歌《心太软》："你总是心太软，心太软，独自一个人流泪到天亮，你无怨无悔地爱着那个人，我知道你根本没那么坚强……"每次听到这首歌，云裳就止不住地流泪。

有一天，夫君回来了，对她说："我们离婚吧！"

云裳愣住了，她不知道自己做错了什么？

夫君说："你没有做错什么？是我对不起你！我的初恋得了乳腺癌，做了切除手术。她的丈夫和她离婚了，我要去照顾她。"

听了这话，云裳觉得心里一阵绞痛，夫君为了照顾初恋，竟不顾他们这么多年的夫妻情分，要抛下她，和她离婚。

有人说，他夫君太伟大，是真爱，乳房都没有了，还对初恋不离不弃！也有人说，这算什么，拿自己的伟大建立在云裳流血的伤口上！

家人、闺蜜都劝她："不要好了这陈世美，坚决不同意！"

之所以说夫君是陈世美，是因为夫君的生意，是云裳的父母拿钱帮助做起来的。

可是，云裳知道夫君离意已决，强留又有什么意义呢？

于是，在"带血的书"上，签了字，离了婚。

（三）

多年过去，云裳已经习惯了一个人。

闲暇的日子，喜欢上 QQ，记录生活中的点滴。

一天，她在 QQ 里，无意间读到一篇关于白居易写给元稹的文："呜呼！乘此功德，安知他劫不与微之结后缘于兹土乎？因此行愿，安知他生不与微之复同游于兹寺乎？"

想起小时候，父亲给自己读古诗词，常常为古人美好的感情动容。现在，就是这句生活中常听到的话"如果有下辈子，我们还能在这个地方相遇么？"一下触动了内心，于是，她在文下留了言："这辈子，我和你还没有呆够，下辈子我们还要在一起。"

不久，文章的主人给了云裳私信回复："一句平淡的话，早已穿越时空。高山流水遇知音！想那乐天也该欣慰了。友，我们可以做朋友吗？"

"好啊！"云裳答应了。

"我叫远方。"文友发来信息。

云裳心想：这名字真有意思，人们一直都在寻找远方，难道我的远方就在眼前？

时空隔不断千山万水，屏幕藏着深情。

远方，饱读诗书，云裳觉得他学富五车，她就像一个小学生一样，崇拜着远方。

无数个云淡风轻的夜晚，屏幕一线牵，云裳在这头，远方在那头，说着月夜花前，杯中情事——

那是一部电影《返老还童》，他推荐她看，当看到逆生长的本杰明像婴孩一样躺在黛西怀里，安静地死去，生命的意义，爱的真谛让云裳的心久久不能平静。

秋风萧瑟时，远方给云裳谈乐天，谈乐天的《琵琶行》。想起乐天枫叶荻花，拂琴唱吟，那份忧愁暗恨有谁懂？

记得那个春日的夜晚，远方说乐天梦到与元稹同绕曲江头，也到慈恩院里游的情景，云裳很感念这份友情的深沉。

尤其说到元稹离世后，乐天孤灯下，霜华满鬓，展卷读着元稹的一封封来信，一篇篇诗文，一字一句，字字句句，如见元君。直到眼睛痛了，诗尽灯残天都还未明。

三十多年，元稹与乐天白居易的这份友情，让云裳感动。她想，今生，或许心底就埋着这样一份美好的感情。

日子久了，情愫暗生，云裳依赖着远方，牵挂着远方，为他喜为他忧……

渐渐地，云裳变得有些孤僻，不爱和大家玩了。

闺蜜说："看你，心被网走了。"

"说啥呢？别多情！"

"多情？就你相信！"面对单纯的云裳，闺蜜摇头叹息。

周日，闺蜜约云裳去美甲。那么多颜色，选什么好呢？

老板说："美甲也讲缘分，最先映入你眼帘，让你眼前一亮的是什么色，你就做那个好了！"

什么色呢？嗯，似乎红色好看。

"你是一个热情善良的女子！"老板笑了，叫云裳伸出手，给她美甲。当云裳把手伸到老板面前的时候，她说："手如柔荑，肤如凝脂，说的就是你了!"

"老板真会说笑。"云裳脸红了。

"我说的可是真的哦! 你看你十指纤纤，指甲圆润饱满，有福之人。"

"老板，你眼光厉害呢! 我的这个小妹妹有福得很。"云裳是腼腆之人，一遇到有人夸奖，就不善言语，闺蜜赶紧打圆场。

最后，指甲做好了，真的很好看!

（四）

雪花开了，云裳生病了。

医院的病床上，云裳与死神擦肩而过。

在云裳住院的这段时间里，闺蜜每天都来照顾她。

2 月 14 日清早，闺蜜来了。

刚一推开门，就对云裳说:"亲爱的，今天是情人节，我来为你送花!"

听到这句话，云裳的心不禁又痛了一下。想起去年，也是这天，云裳为远方送去最真诚的祝福。远方告诉她，晚上，他要搞一个烛光晚会。

"烛光晚会啊，这么隆重。"

"对呀! 和夫人一起。"

"哦! 真浪漫，祝福你们!"那天，云裳知道了远方是有家室的人。

分寸即是尊重，给自己，也给他人。云裳心底那朵还没打开的花朵，就在"这个节"里凋谢。

"怎么，感动了，是不是觉得，有我这个闺蜜真好！下辈子，还想遇见我！"看着云裳眼里闪动的泪花，闺蜜一边调笑，一边把花放在桌子上。

"呵呵，是的！今生他世，你最好，就黏着你！"

"咦，肉麻，鸡皮疙瘩掉了一地！"闺蜜双手抱着手臂，嗔怒道，"来，喝鸡汤！"

"嗯……哎哟，指甲！"云裳伸手端碗的时候，指甲不小心勾着了衣裳。

"指甲怎么啦？"闺蜜连忙把碗放在桌子上，拉起云裳的手，"我的天，指甲长这么长了，每一根都裂开，浸血了。"

闺蜜拿出指甲刀，给云裳剪指甲。红红的指甲剪去了一半，露出指甲下面撕裂的血丝。闺蜜找来碘酒给云裳擦，心痛地说："十指连心，这得多痛啊！"

云裳的眼睛湿润润的，想起这双手，曾经一个字，一个字，在键盘上为他敲响。如今的他，在哪里呢？

好久没上 QQ 了，闺蜜走后，云裳打开了笔记本，上了线。

那个熟悉的头像依然光亮，点开他的空间，每天都有诗和远方……

云裳笑了，想起莫言《晚熟的人》，她把十指放在键盘上，一个字一个字地打着：

"这个冬季，没有下雨，地上干得就像云裳的指甲，裂开了口子，要滴出血……"

31

映山红

立冬了，天气渐渐冷了起来。

花园边，杨师傅拿着大剪子正在给桂花树剪枝。"咔咔咔"，声音清脆，回响在清晨的校园。

"唉，不晓得那边栽的树，活了没有哦？"杨师傅一边剪，一边自言自语。这是怎么回事呢？

故事，还得从石磬讲起……

（一）

夜郎大地，高寒山区，山高林茂，雾气氤氲，多出奇事怪闻。

石磬，在夜郎西陲，海拔两千，长年 10℃ 气温。土地贫瘠，长不出吃的，一个字——穷！

落后挨打，贫穷无妻。姑娘都往外嫁了，男人花开无主，灯火阑珊的时候，只听见山林里猫头鹰在哭泣。

曾有风水大师说，石礐，坐东靠西。对面的山，远看像一个躺着的美女，与美女脚边的山连成一体，生得挺好的。可惜，中间流来一条水路，冲开山脉，水往地底流，靠山无山，靠水无水，成了败象，断了财路。

咋办呢？

男人要发财，只有走出去！

石礐，从来留不住人！

（二）

石礐东村，拂晓，低矮的茅屋里传来一阵婴儿的哭声。

"生了生了，男娃！"六婆喜滋滋地说。六婆，是石礐的土医生。

"唉……"产妇毛婶长叹一声，把脸歪朝墙壁，眼角滚下一滴泪。

门缝里，忽闪着一对乌黑的大眼睛，这是邻家女孩婉莹。婉莹七岁了，九月，她就要在石礐小学读一年级了。

石礐小学，离婉莹家不远，几分钟路程，站在院子里都可以听到学生的读书声。

全校有两个老师——校长和婉莹的妈妈。六个年级，分成两个复式班，一个班三个年级，共有二十个学生，家庭条件好的孩子都到外面读书去了。学校两间土墙教室，一个旱厕，一间办公室，一个保管室。教室的窗户玻璃坏了，是用报纸糊起的。冬天风大，纸禁不起吹，破了洞，风灌得纸呜啊呜地叫。学生坐在教室里，手冻得像胡萝卜似的，只听见教室里不时传出牙齿打战的声音。

婉莹的爸爸是城里西山大学的老师。年前，爸爸说要接婉莹到城里读书。可是婉莹不愿意，她要在石磬小学读书，和妈妈住在一起。爸爸很疼爱婉莹，凡事都依着她，也就没再坚持。

今天是周末，妈妈说邻家毛婶要生娃娃了，要去看一下。妈妈一出门，婉莹就悄悄跟在后面，远远看见妈妈进了邻家毛婶的屋，关上门。她双手扒着门，从门缝往里瞧，可是，什么也看不见。

一会儿，从屋里传来了凄厉的叫喊声："啊！啊啊……"听得婉莹好害怕。

"用力！"这是六婆的声音，"再用力，快出来了！"

"啊……"又是一声叫喊。

"哇……"孩子出生了，男孩。婉莹松了一口气，很高兴。她很想知道，这男孩长得啥样子？

"咦，这孩子咋总是哭呢？"

孩子生下来以后，一直哭，无论怎么哄也不停。

"六婆，娃儿是不是生病了？"

六婆用耳朵贴着胎儿胸脯，用眼睛皮贴着胎儿脑门，再次进行检查："好的啊！"

"这就怪了！"

"婉莹，进来吧！"妈妈早就发现女儿在外面了，喊了一声。

"哦……"婉莹推开门进去，毛婶裹着青花头帕躺在床上，她旁边红色襁褓里，小婴儿闭着眼，哇哇哭着。

"宝宝，好可爱啊!"婉莹对着婴儿说。

听到婉莹的声音，小婴儿立刻停止了哭泣。睁开眼睛，看着婉莹，"哦哦"说着啥，嘴角勾了勾，好像在笑。然后，安静地睡着了。

"咦，不哭了!"毛婶和妈妈对看了一眼。

"这孩子与婉莹有缘!"六婆说。

"呃!"毛婶有点尴尬，她看了婉莹妈妈一眼。婉莹妈妈沉默着没搭话。

在石磬这个地方，女孩家是忌讳哪个说自家的女儿与石磬男孩有缘的，因为，大家都不愿意将女儿嫁在本地。

回家的时候，妈妈叮嘱婉莹："以后，不许到这边来!"

（三）

"婉莹姐!"院子门口站着一个小男孩，长得虎头虎脑的，红扑扑的脸蛋上，有两个好看的酒窝。小男孩在院门口已经站了很久了，他把手背在身后，手里拿着一个袋子，袋子里不知装了啥东西，鼓鼓的。

这个小男孩就是毛婶的儿子——鹏。鹏五岁了，他最喜欢婉莹姐姐了。姐姐常常趁妈妈不在的时候给他讲故事，教他读书，写字。婉莹姐姐喜欢美女山上的映山红。鹏到山上放牛的时候，就给姐姐摘。

石磬山高寒冷，八月，映山红才开花。

今天一早，鹏就赶着牛到了美女山。山上的映山红好多，这些映山红树长得好高，树梢上的花朵最大。鹏想摘树梢上的，就去爬树。可是，他太小了，没站稳，从树上摔下来，地上的荆棘丛，把他的手划流血了。鹏没有哭，因为他为姐姐摘到了映山红。

中午，鹏早早地把牛赶回家，拴在牛圈里，就到院门口等婉莹。看到婉莹远远地走来，鹏高兴地喊她。

"鹏，你没放牛吗?"看见鹏还在家里，婉莹觉得很奇怪。鹏家负责喂养石磬村的三头水牛，这样可以挣得工分，多分一点粮食。

"放了，我回来了!"

"这么早?"

"姐，你看这是什么?"鹏从身后拿出一个绣袋递给婉莹。

"什么? 这么神秘!"婉莹接过绣袋，打开一看，"映山红! 鹏，你又去美女山了? 都给你说了，别去，那里山高危险! 我看看，你受伤没有?"说着，就要去拉鹏的手。鹏连忙将手藏到背后。

"再不伸出手，我就要生气了!"婉莹虎了脸，气呼呼坐在了院门口。

"姐!"鹏最怕婉莹生气，他把手伸到了她面前。

"天啦，划了这么多口子。"婉莹心疼地抚摸着鹏的小手，轻轻给他吹着。曾经有多少次，鹏为了给她摘映山红被山上的荆棘划破了手，被妈妈打。虽然他们同住在一个院子里，可是，鹏的妈妈和婉莹的妈妈都不准他们往来。只有趁妈妈们都不在的时候，他们才悄悄见面。看到鹏手上的口子，想着毛婶见了，又要打鹏，婉莹眼里闪着泪花。

"姐，你哭了？"

"没有，是沙子吹进了眼睛！"

"哪里？姐，我给你吹吹！"说完，鹏噘起小嘴就要给婉莹吹。

"没事儿，一会儿就好了！"婉莹推开了鹏，她知道，妈妈很快就要回来了，被妈妈看见，就不得了，于是，就说，"鹏，赶紧回家。下午，姐还要上课，我要做饭了！"

"好的，姐姐！"鹏从绣袋里拿出映山红给婉莹，蹦蹦跳跳回家了。

看着鹏走进家门，"嘎"的一声关上了门。婉莹抬起袖口，擦擦眼睛，进了屋……

（四）

九月，美女山上的映山红还在开。

婉莹，十二岁了，要读中学了，爸爸叫她到城里去读。虽然婉莹不愿意，但是，妈妈同意，说石磬中学教学质量不行！婉莹拗不过妈妈，只好答应。

那天早晨，天刚蒙蒙亮，爸爸不知在哪里找到一辆拖拉机，来接婉莹。

"突突突"，石磬弯弯的山道上，响起了拖拉机的轰鸣声。婉莹和爸爸坐在拖拉机上，深秋的寒风裹着白霜，感觉要割掉耳朵。爸爸赶紧脱下衣服，包住婉莹的头。

当拖拉机经过美女山的时候，从山上传来一个声音："姐姐……"

是谁大清早在山上喊？婉莹爸爸皱起眉头，往山上一看，只见美女山上，一团红艳艳的映山红在闪……

"呜呜呜……姐姐，你要回来啊……"

山道上，破旧的拖拉机"突突突"地叫，发出震耳欲聋的响声，卷起的尘土，漫天飞扬，弥散在山林……

（五）

时光飞逝，一晃十年过去。

婉莹成了大姑娘，出落得亭亭玉立了。大学毕业以后，她考进了城里的一所名牌小学，当老师。妈妈叫婉莹在城里结婚，等她退休以后，就到城里来和爸爸一起住，给她看孩子。

有了这想法，爸爸妈妈的朋友就开始为婉莹的婚事张罗。付阿姨是爸爸的同学，在设计院工作，她给婉莹介绍了他们单位的一个男生，姓林，比婉莹大七岁，长得文质彬彬。双方见了面，感觉没啥不好的。于是，约定元旦节举办婚礼。

自从十二岁离开石磬以后，爸爸妈妈就没让婉莹回去过，不知鹏怎样了呢？婉莹一直很惦记，她想把结婚的消息告诉鹏。

再过几天就是中秋节了，婉莹对爸爸说："爸，今年，我们去石磬和妈妈一起过节吧!"妈妈工作很忙，离不开身，昨天来电话，说不能回城过中秋节。

"行，明早，我们就去。"不知为啥，这回，爸爸竟答应了婉莹的请求。

爸爸开着他的白色小三菱面包车，行驶在石磬弯弯曲曲的山道上。

秋天的石磬，空气那样寒，爸爸摇上了窗玻璃，怕寒风吹着了婉莹。

婉莹坐在后排座位上，透过窗玻璃，出神地望着对面的山林。美女山上，偶尔可以看见星星点点的映山红。

"女儿，想什么呢?"看见婉莹望着窗外发愣，爸爸禁不住问。

"没什么，"婉莹喃喃地说，"爸，为什么美女山的映山红现在那么少呢?"

"唉，最近几年，石磬气候恶劣，美女山的映山红死得差不多了。"

听了爸爸的话，婉莹没再说什么。

下了一个坡，驶过那条烂泥路，前面就是婉莹的家。院子的木门关着，屋檐上的石头缝里，已经长出了蒿草。妈妈还在学校，爸爸把车停在院门口。

"吱呀"，婉莹推开了门，院子里，她走时栽的大丽菊开得稀稀拉拉，已经凋零。隔壁就是毛婶家，安安静静的，没有一点动静。

中午的时候，妈妈下课回来了，手里提着婉莹最爱吃的火腿。爸爸最拿手的菜就是笋子炖火腿。妈妈把早上泡好的笋子切成片，把火腿洗净切成块，放进鼎锅里。爸爸掺了水，放上他做的秘制调料，点燃了铁炉子，添上蜂窝煤，把鼎锅放上去炖。

一会儿，鼎锅就冒热气了，婉莹闻到了火腿的香味。

吃饭了！

想起以前，只要一吃笋子炖火腿，婉莹就要留着一碗，等妈妈出去的时候，悄悄端给鹏。如今，鹏在哪里呢？

"吃饭，发什么呆呢。"妈妈责怪着。

"妈，毛婶她们家没人吗？"

"搬走了！"

"搬走了？"婉莹一惊，"好久？"

"昨天！"

"去哪里了？"

"不知道？"

婉莹沉默了，这顿饭吃得很安静。

（六）

元旦节，婉莹如约结了婚。

结婚的第二年，婉莹生了儿子林鑫。不知为啥，儿子出生以后，婉莹的丈夫老林脾气变得特别暴躁，动不动就冲着婉莹大吼大叫！有人说，这是产后抑郁症！婉莹不明白，生孩子的是我，为什么得抑郁症的是他呢？

尽管这样，婉莹还是迁就着丈夫，不和他争吵，一边上课，一边照顾儿子林鑫。

林鑫六岁了，九月就要读小学了。妈妈也从石磬小学退休，回到城里，和爸爸住在一起了。

妈妈退休的时候，石磬小学的学生都哭了，他们喜欢妈妈。妈妈一走，就没有老师给他们上课了。其实，妈妈也舍不得走。可是，长期的高寒生活，妈妈的风湿病特别严重，医生建议必须住院治疗，否则，会危及生命。无奈，妈妈才依依不舍地办理了退休手续，含着泪离开了她奋斗几十年的石磬小学。

经过一段时间的治疗，妈妈的病有好转了。

这时，西山教育厅正在进行一项贫困边远校帮扶活动，这项活动责成婉莹所在的学校若水小学完成，帮扶地点就是石磬小学。

考虑婉莹曾经在那里生活过，学校决定派婉莹到石磬小学支教一年。

（七）

八月的时候，若水校园的映山红开了，红艳艳的。

学校召开职工大会，为婉莹送行。梁校长亲自为婉莹献花，那是一束映山红，是校工杨师傅培植的，每年的这个季节开得特别好看。梁校长把映山红递到婉莹手里，眼圈红了，哽着声音，说："婉莹老师，辛苦你了！"

从梁校长手里接过映山红，婉莹的心又激动又难过——

明天，她就要乘车前往故里，回到她曾经生活过的地方，那里的孩子在等着她。难过的是父母年迈，丈夫又那样，自己的孩子还那么小，该怎么办呢？考虑再三，婉莹决定带着儿子到石磬小学读一年级。

对于婉莹的决定爸爸妈妈支持，丈夫老林也没说什么。梁校长紧紧握住婉莹的手，不停地说："有什么困难，要告诉我！"

婉莹能说什么呢？她知道，到石磬小学，没有比她更合适的人选了！

第二天，婉莹带着儿子林鑫和行李，坐上了前往石磬的汽车。

汽车在盘山公路上颠簸了八个多小时，终于到达了石磬小学。

物是人非，此时的石磬，比以前更加破旧了。老校长退休了，换了一个新的中年男校长，姓张，戴着一副黑边眼镜。他带婉莹参观学校，给她做介绍。其实，对于婉莹来说，石磬小学她再熟悉不过了。

张校长介绍完了，对婉莹说："我知道你家就住在附近，但我还是建议你住在学校，这样比较安全。"

张校长的关怀，让婉莹感到很温暖。可是，学校哪里有寝室呢？张校长似乎看出了婉莹的疑虑，说："我们把原来的保管室隔成了两个宿舍，左边校工住，右边你和儿子住。"

"校工？"

"对！这是教育局规定的，每个学校都要有校工看校！"说着，张校长带婉莹来到左边宿舍，向她介绍了学校的校工和他的夫人，校工的夫人是个怀孕妈妈，张校长请他们多多关照婉莹。

"谢谢校长关心！"

告别张校长，婉莹来到宿舍，这是一间单身宿舍，里面有一张单人床，一张破旧的长沙发，一张书桌，一个铁炉子，一扇窗户。

婉莹铺好床，天已经黑了。她开始做饭。

大山里的夜晚，太阳落山，雾就升起，才七点钟，外面就黑漆漆的，伸手不见五指。

生火煮饭的时候，婉莹怕屋子里湿气太重，就打开窗，让炒菜的油烟飘出去。她聚精会神地炒白菜，猛一抬头，看见窗户里伸进一张猪肝色男人的脸："鬼！"婉莹叫出了声，担心吓着儿子，赶紧闭上了嘴。

"嘿嘿，婉莹老师，呃……"男人打了一个嗝，"是我！"

婉莹仔细一看，原来是学校的校工，他特别爱喝酒。

"还没吃饭啊！呃……"校工又打了一个嗝，"到我家去喝一杯……"

"谢谢！谢谢！"婉莹惊魂未定，"不用了！"她连忙关好窗户，也不开门。

吃饭以后，婉莹安排儿子睡床，自己和衣睡在沙发上。

第二天早晨，手机铃声响了，婉莹从床上跳起，竟想不起昨晚是怎么睡着的！

儿子林鑫也起床了，婉莹煮好面条放在桌上，叫儿子赶紧洗漱吃早餐，吃了去上学。

"好的，妈妈！"林鑫挤好牙膏，拿起漱口缸，准备去水池边。

他打开门，一阵白雾涌进来，校园的操场，能见度不足一米。他刚一抬脚，发现门口有个麻癞癞的东西，林鑫吓得大叫一声："妈呀！"赶紧退回屋，关上门，躲在屋子里，不敢出去。

"怎么啦？儿子"，婉莹问。

"大虫！"

"哪里？"

"门口！"

婉莹开门一看，是一只癞蛤蟆，正张着嘴望着他们的屋。癞蛤蟆的旁边，还趴着一只鼻涕虫。这只鼻涕虫，摊着身子，足有眼镜这般大。它的后边，还跟着一串小鼻涕虫。

"儿子，别怕！这是癞蛤蟆和鼻涕虫！"婉莹安慰着儿子。

"妈，我想回城里！"林鑫吓得不轻，颤抖着说。

听到儿子这么说，婉莹鼻子一酸。是啊！他从小生活在城里，哪里见过这些东西？可是，儿子回去，谁照顾他呢？

"儿子，来，妈妈和你一起去刷牙洗脸。"婉莹陪儿子来到水池边，一边刷牙，一边给儿子说："石磬，偏僻，潮湿阴冷，所以，早晚都有雾气。那些癞蛤蟆呀，鼻涕虫呀，就爱生活在这里，这说明生态环境好呢！"

"妈，我害怕！"

"儿子，男子汉大丈夫，怕什么？勇敢一点，一年很快就会过去。"

听妈妈这么说，林鑫不再说什么了。

（八）

时间过得很快，转眼就到期末了！考完试，婉莹带儿子回家了。

半年没有回家，打开门，一股霉气迎面扑来。"阿嚏"，儿子打了一个喷嚏。地上、沙发上也铺了厚厚一层灰。婉莹赶紧打开窗户通风，打扫卫生。

做完这一切，婉莹到菜场买菜。

卖鱼的王阿姨见了婉莹，特别热情："婉莹老师好，买菜啊，你们住到这边来了？"

"我们一直住这边啊？"王阿姨的话让婉莹觉得很奇怪！

"一直住这边？前段时间我在西山菜场，看见你家老林买菜，还以为你家搬了呢。"

"西山菜场，老林？"婉莹很纳闷，"哦，王阿姨，你一定是看错了！"

"不会错的，我老公在那边卖鱼，我偶尔去帮忙，就看到你家老林，我还喊他呢。"

王阿姨的话，让婉莹有点心烦意乱，想起刚进家时家里的那股霉味，那一地的灰尘，分明就是好久没有人住了。但是，婉莹善良，不爱往坏处想。想着老林因她生儿子得抑郁，这半年支教也没时间照顾他，婉莹心里涌起一阵歉意。

她买好菜，急急忙忙回家做饭，烧了老林最爱吃的红烧鱼，等他回家。

夜幕降临，时钟敲了九下，九点钟了，老林还没有回来，儿子困得在沙发上睡着了。

"儿子儿子，起来吃饭！"

"爸爸回来了吗？"

"没有，可能加班，你先吃，吃了睡觉。"

儿子迷迷糊糊地吃了饭，洗漱完，上床睡觉了。

婉莹从书柜里拿出一本书，随便翻着等老林，不知不觉，睡着了。

"叭叭"，一阵汽车喇叭声把婉莹惊醒，天亮了。她睁开眼睛，看见桌子上的饭菜还好好的，知道昨晚老林没有回来。

婉莹把饭菜拾进厨房，放到冰箱里。

"踢踏，踢踏……"门外响起了脚步声。婉莹赶紧迎出去，老林刚好开门进来。

"回来啦!"婉莹笑盈盈地接过老林的公文包，"我给你做早餐!"

"不用了，一会儿我们去一趟民政局!"

"去民政局干什么?"婉莹被老林的话搞得莫名其妙。

"婉莹，我想了很久，结婚这么多年，我觉得我们兴趣爱好不同，家庭背景也不一样，生活在一起，痛苦，我们还是离婚吧!"

"嗡……"婉莹一阵眩晕，感觉心痛了一下，连忙用手扶住桌子。

老林比婉莹大七岁，是单位的业务骨干，长得帅，温文尔雅的。婉莹性格洒脱，像个男孩子。

老林家世代工程技术人员，家庭条件好。当初和婉莹认识的时候，老林的母亲就不同意，但儿子死活要和婉莹结婚，他们也只好同意。

婚后，老林父母和婉莹的父母就没有来往过，形同路人。婉莹生孩子，老林的父母也没来看过。

想起这些，婉莹泪如泉涌!她常想，精诚所至，金石为开，只要自己真诚待人，总有一天会感动公婆的。没想到，自己等来的却是这样的结局！

"这是离婚协议，你看一下。这套房子归你，娃娃你带，每月我给你一千元抚养费……"老林自顾自地说着，也不管婉莹同不同意，是啥反应，"好了，你要和我坐车走不？不坐，我在民政局等你。"说完，老林就走了出去。

一会儿，婉莹听到楼下传来汽车发动的声音。

婉莹擦了擦眼泪，给妈妈打了一个电话，说有事出去，请她过来照看一下林鑫。

妈妈和婉莹住在同一个小区，很快就来了。看见婉莹脸上的泪痕，妈妈没有问，只说："你去吧，我在呢！"

民政局就在小区对面，五六分钟路程，可是现在，婉莹觉得那么遥远。她拖着沉重的步子，向前走去……

她不想挽留，她知道，也无法挽留！老林是个说一不二的人，一旦做出决定就不会反悔。再说，这么多年，自从生了儿子林鑫以后，他们的夫妻生活就有名无实。

婉莹与老林的情况，爸爸妈妈看在眼里，他们心疼女儿，从不说什么，尽量来帮助她，用无声的爱关心着婉莹。

终于，婉莹走进了民政局！

老林早已坐在前台，不时看看手机。

"你们要不要再考虑考虑？"民政局工作人员是位慈祥的老大姐。

"不用了！"老林果断地说。

"你呢？"老大姐问婉莹。

婉莹强忍着泪水，咬了咬嘴唇，说："大姐，签字，办吧！"

从民政局出来，天上飘起了雪花。老林钻进汽车，点燃发动机，"呜呜呜"，汽车轰鸣，向前开去，留下一缕青烟……

此时，婉莹的泪水，流了下来，一滴一滴落在离婚证上……

（九）

过年了，儿子在贴春联。他问："妈妈，爸爸啥时回来过年？"

"儿子，以后爸爸都不回来了？"

"为啥？像同学说的，你们离婚了吗？"儿子的声音有些哽咽。

"儿子，妈妈对不起你！"婉莹眼里噙着泪水。

"妈，不哭，我会听话的！"儿子用袖子为妈妈擦着眼泪。

婉莹紧紧抱住儿子，说："嗯，嗯嗯！"

今年，婉莹和儿子、爸爸妈妈一块儿过了年。

晚饭后，爸爸妈妈回去了，儿子也早早睡下了。婉莹坐在了电脑前，她有在QQ写日记的习惯。

她打开空间，"叮"的一声，弹出一条信息："友友，新年好！巧呢，咱俩的Q名都叫'映山红'！"

"新年好，友友。是吗？有缘！"婉莹礼貌地回复着。

"友，感觉你喜欢映山红！"

"是的！我家乡的美女山上有很多，八月的时候开得漫山遍野，红艳艳的，特别美丽！我的弟弟爱去给我采！"

"你的弟弟，一定很爱你！友，能冒昧问一下，你的弟弟叫什么名字吗?"

"他叫鹏! 也不知他现在怎样了?"

隔了许久, QQ 那头都没有动静。屋外, 偶尔传来人们放礼花的声音。过年了, 大家都在忙着看春晚, 放烟花, 庆团圆, 哪有人闲着没事和你聊天呢? 婉莹下了线, 关了电脑。这个年, 她过得很心酸。

(十)

三月, 儿子生病了, 要住院治疗。婉莹不能再回石磬小学了。

学校再三考虑, 征得婉莹妈妈同意, 聘请婉莹妈妈为若水小学的老专家, 常驻石磬。另外, 还各派了一名语文老师和数学老师一同前去。这样, 婉莹就留在了城里, 回到原来的学校, 一边上课, 一边照顾儿子。

这几年, 石磬发生了很大的变化。据说, 有个青年才俊捐资, 修建了石磬小学。如今的石磬, 校舍已经是四层楼房, 有学生食堂。校园环境好, 学生由原来的二十多, 增加到五百多, 离学校远的孩子还可以住校, 政府还给每个学生免费提供营养餐。老师也有二三十人了, 学校有教师宿舍, 老师都可以住校。

学校的硬件设施好起来了, 就是教学质量有待加强, 为此, 西山教育厅责成若水小学务必跟进教育教学帮扶, 切实提高石磬小学教学质量。

　　和婉莹妈妈一样，梁校长是个有教育情怀的人，她每天都在思考着如何发挥龙头学校的作用，把先进的管理理念、教育教学理念带到石磬，让石磬的教育教学水平上台阶，老师学生都受益，让石磬小学成为人人都向往的名校。

　　原先派去的两名老师，都在石磬坚持奋斗一年了。两个老师都是城市长大的孩子，从来没有吃过苦，尤其是石磬恶劣的气候环境，让他们措手不及。

　　冬天，石磬气温零下十多度，路上结冰，无法行走，这些都可以忍受，最让两位老师难受的是天冷，没有取暖设备，他们在网上买了无数的发热贴，肩上、背上、腰上、腿上、脚底板上……总之，能贴的地方都贴上了。晚上，不敢脱衣服，和衣而睡，太冷了！

　　"老公！"这是数学老师王梅放学回住处的时候，路上结冰了，摔了一跤，她拿起手机，哭着给老公打电话。

　　"怎么哭了？"

　　"我……我……摔了一跤！"

　　"摔伤没？"老公焦急地问。

　　"不严重，手擦破点皮！"

　　"擦一点药，在药箱里！"

　　"知道的，擦了！"王梅的老公特别贴心，离开家的时候，把什么都给她准备好了。

　　"那就好，别碰着水！"

　　听老公提到水，王梅更难过了："老公，我都两个星期没有洗澡了！"

　　"啊？条件这么差！"

"嗯，冻起了，没水！"

"坚持一下，解冻就好了！"电话那头，老公安慰着王梅。

刚放下电话，王梅听到敲门声，她问："谁？"

"是我，王老师！"原来是石磬小学的马老师，她家就住在附近，她说，"王老师，下午你摔跤，把裤子打湿了，现在又停电，请你和老专家，还有周老师，到我家去烤烤火，我家烧煤。"马老师说的周老师，就是和王梅一起来石磬支教的语文老师周磊，是一个准爸爸。

夜，已经黑尽了！

天上，雪下得越来越大，北风呼呼地刮着。

大家戴上帽子，围好围巾，裹紧衣服，你拉着我，我扶着你，一路溜溜滑滑地来到马老师家。

马老师家是典型的苗族院子，屋子里生着地炭火。马老师的爱人刘叔坐在炭火边，他在镇电影院工作，儿子还在外地读大学。

看见老专家一行到来，他连忙起身让座，热情招呼："老专家稀客！天太冷了，来，大家喝杯热茶，吃点土豆。"

大家围坐在暖洋洋的地炭火旁，土豆烤熟了，散发出诱人的香味。马老师和刘叔热情地剥给大家吃，他们剥了一个又一个。土豆是软的、糯的、香的，马老师夫妇俩的这份温暖，让老师们的心是温暖的，眼睛是湿润的……

在这偏僻的高原地带，王梅和周老师都瘦了，原本白白的皮肤，早已变成了高原红。

"老专家！"马老师喊了一声，"我看您的脸有些肿，您要小心心脏哦？"马老师略懂一点医术，她提醒着婉莹的妈妈。

"多谢马老师！最近是感觉心口有些闷！"老专家说，"不过，快放假了，到时回去彻底做个检查。"

终于，放假了！

婉莹妈妈、王梅和周磊老师结束了一年的常驻支教，回到了城里。那一年，石磬小学的教学质量在石磬镇名列前茅。

接下来，该怎么办呢？

梁校长进一步思考着：派老师常驻不是办法，每个老师都有家庭，拖娃带仔，上有老下有小，两头牵挂。老专家婉莹妈妈心脏又不太好，不能再派她去了。嗯，必须紧急召开办公会，研究帮扶方案，制订帮扶计划。最后确定，分期分批，派优秀老师到石磬。

（十一）

这时，儿子林鑫小学毕业，考到寄宿制私立中学读书了。婉莹再次申请到石磬小学支教。

这一次，要在石磬开展古诗文经典诵读进课堂教学。婉莹是语文老师，在古诗文教学上有自己的一套方法，尤其是她把古老的读书方法——吟诵，引进了课堂，带领孩子品味古诗词的音韵美，深得学生喜爱。

这天，是星期五。

石磬镇所有的语文老师，石磬镇长、教育局长都来了。石磬小学的多媒体教室里座无虚席。

婉莹穿着米白花格衬衫，大地色裙子，看上去典雅清新，就像一位少女。她正在给学生上唐代诗人杜牧的诗《山行》。

"远上寒山石径斜，白云生处有人家……"婉莹黄莺般的声音在教室里响起，"同学们闭上眼睛，此时此刻，你看见了什么？"

"看见枫叶红了！"

"诗人被寒山的美景迷住了，把车停下来，不想走了。"

学生纷纷举起手，说着自己看到的景色。

"在古诗词里，'红'是一个特别美的意象，它代表的是热情、温柔、娇艳……"婉莹娓娓道来，"同学们知道哪些事物是红色的呢？"

"我们的五星红旗、红领巾是红色的！"

"衣服有红色的，走在哪里，都很抢眼！"

"老师，自然界里的花朵，红色最多，美女山上的映山红也是红色的！"

"映山红！"婉莹的心"噔"地跳了一下，她情不自禁地望向窗外。远处，美女山上的映山红红了，星星点点的。她仿佛看到弟弟——鹏，爬到树上去摘映山红。他摘了一把，站在树上，远远地向婉莹挥手，大声喊："姐姐……"

婉莹笑了！她收回了目光。突然，她感觉教室右边的角落里，有一双温柔的眼睛在看着自己。她不禁看过去，教室里坐满了听课的老师，却又看不清！

婉莹凝了凝神，继续讲课："是啊，美女山上的映山红，红得热烈，充满希望！所以，这首诗用了韵脚'a'，读起来让人感到惊喜、兴奋、美好。咱们一起来试试！"

"……停车坐爱枫林晚，霜叶红于二月花。"婉莹的课生动有趣，富有感染力。教室里，学生，所有的听课老师和领导都跟着她吟诵起来。那声音飞出窗外，传得很远很远，一直传到了美女山……

课上完后，石磬镇长、教育局长亲自接见了婉莹，对她的课一致予以好评。镇长对婉莹说："婉莹老师，我要给你介绍一位青年才俊！"

"青年才俊？"婉莹心里嘀咕着，"谁呀？"

"谢总呢？"镇长问。

"镇长，刚才谢总接到一个电话，有事赶回城里了，请我给您说一声'抱歉'！"秘书向镇长汇报着。

"谢总真是大忙人！"镇长感叹着，"婉莹老师，不好意思啊，下次给你介绍。"

"没关系，谢谢镇长！"婉莹微笑着。

晚上，万家灯火亮起，婉莹打开电脑，登上 QQ，进入空间，准备记录一下今天上课的感受。

"叮"的一声，QQ 里弹出一条信息："友，好久不见，你还好吗？"婉莹一看，是友友映山红发来的。于是，她回复道："真的是好久不见了！"

"友，上次因为有急事，没和你告别，真是抱歉哈！"

"没关系，每个人都有自己的事情！"

"友，我知道你的弟弟鹏很爱你，到美女山摘映山红给你！其实，我没有姐姐，我也想叫你一声姐，摘映山红给你，行吗？"

"哎呀，那多不好意思啊？"

"姐，同意不？"

"好嘛！"想到弟弟鹏，不知怎么的，婉莹竟答应了他的请求。

"姐，我想见你，可以吗？"

"见我！什么时候？"婉莹吃了一惊。

"现在！"

"现在？！"婉莹睁大了眼睛。

"对！"

"弟，开什么玩笑，你在哪里？"

"我在石磬！"

"石磬！"婉莹更惊讶了。

"嗯，石磬上善院子！"

"上善院子！那不是我和弟弟鹏家住的地方吗？"婉莹立刻向对方发了一条信息。

"对，姐，我就在上善院子等你，不见不散！"说完这句话，婉莹看见，对方下线了。

去，还是不去呢？去，黑灯瞎火的，万一是坏人，怎么办呢？不去，他说不见不散，那他要等多久呢？婉莹纠结着。最后决定：去！为了保险起见，婉莹叫上了石磬小学的老师方圆，她们现在是闺蜜，打着手电筒，向自己的家走去。

好久不曾回家了，回家的路依然熟悉。婉莹发现，这条路以前是泥巴路，一下雨就成烂稀泥路。如今，修成柏油路了。是谁修的呢？婉莹很纳闷。

"婉莹，你看！前面院门上有灯笼！"方圆惊讶地喊着。以前婉莹带方圆来过这里。方圆说，这里打理打理，简直就是大别墅。她羡慕婉莹家有一处世外桃源。不过，当时门上没有红灯笼。

"真的呢！是谁挂的？"

　　婉莹和方圆加快了脚步，远远地，婉莹看见院门口站着一个穿黑色夹克的男生，在向前张望。看见婉莹她们来了，他转身进了院子，只听他高兴地喊着："哥，来了，来了!"

　　话音刚落，院子里走出一个高个子男生，穿着米色西服，平头，戴着眼镜。见了婉莹，他大步上前，握着婉莹的手激动地喊："姐，你来啦!"

　　"鹏!?"婉莹瞪大了眼睛，站在她眼前的这位文质彬彬的男生，不就是弟弟鹏吗，"你是鹏?"

　　"是我! 姐，我是鹏!"

　　"啊，鹏!"婉莹很高兴，紧紧抱住鹏，"弟弟，这么多年，你去哪儿了?"

　　"姐……"鹏声音哽咽，"进家，我慢慢给你说。"

　　"咳咳"，方圆假装咳嗽了两声。

　　"哦，弟弟，我给你介绍，这是我的闺蜜方圆，是石磬小学的老师。"

　　"你好!""你好!"方圆和鹏互相问好。

　　方圆对婉莹说："还以为你见了弟弟，就忘了闺蜜呢!"

　　"乱说，来，赶紧进屋，天黑外面冷!"婉莹打开门，把大家请进屋。

　　进了屋，鹏拿出一个袋子给婉莹。婉莹一看，这个袋子，就是鹏小时候给她装映山红的袋子，这么多年，鹏还保留着，婉莹心里涌起一股暖流。

　　"姐，看，我给你摘的映山红!"鹏打开了袋子，从里面拿出映山红，放在婉莹手里。映山红在灯光的照耀下显得更加鲜艳，把婉莹的脸映得绯红。鹏笑盈盈地看着婉莹，久久地看着，看着……

婉莹也看着鹏，长大了，长高了，也长帅了！

那一晚，他们谈了很久很久……

天亮了，鹏离开了石磬。

年底，婉莹回到了城里，她告诉母亲看到了鹏。

"鹏？就是毛婶的儿子？"母亲惊讶道，"这么多年，他们母子去了哪里？"

原来，鹏的爸爸在深圳一家房地产公司工作，改革开放那几年，公司的效益不错，他就写信叫妻子带儿子过去。鹏在深圳读完大学，也进入爸爸所在的公司工作。婉莹把自己知道的讲给母亲听。

"那鹏结婚没有呢？"

"这个啊，我没有问！"婉莹说，"也许结了吧，都快三十岁了！"

（十二）

告别婉莹，鹏回到了深圳。

鹏家住在舟山，这是有名的别墅区，住的都是富豪大亨。其实，鹏没有向婉莹说明自己真实的身份，他已是石善房地产公司的总裁。当年，父亲离开母亲，南下深圳，凭着自己的能力，创立了该公司，借着改革开放的春风，把公司经营得风生水起。

鹏大学毕业以后，父亲就把公司交给他管理。真是虎父无犬子，青出于蓝而胜于蓝，在鹏的管理下，如今石善房地产公司已成为国内有名的上市公司。

这次鹏亲自到石磬去，一是要看看，前几年他捐资修建的石磬小学怎样了？二是还有新的项目要洽谈。三是要看看他的婉莹姐姐，如果可能，他想完成自己的心愿。

那年，无意的 QQ 聊天，让他知道了，隔着屏幕的女子，就是自己日思夜想的婉莹姐。他激动得手指都在发抖，千言万语，竟不知从何说起。于是，他下了线，与婉莹姐不辞而别。

从此，他默默关注着婉莹姐，希望能为姐姐做点什么？护她一世周全。

后来，得知婉莹姐离婚了，鹏难过了好久！问世间情为何物，直教人生死相许，鹏笃定，今生非婉莹姐不娶。

可是，要怎样才能让婉莹姐知道自己的心意呢？

那天，婉莹上示范课，鹏坐在后面听，他就那样一直深情地看着自己的婉莹姐。当婉莹发现了，将目光投过来的时候，鹏赶紧低下头，假装做笔记。

下课的时候，他告诉镇长秘书，说自己有事回城里了。其实，他是担心，在那样的情境下，见婉莹姐不合适。于是，悄悄回到老屋"上善院子"，仍旧用 QQ 和婉莹姐联系。

最终，鹏见到了自己的婉莹姐姐，但自己重要的心事，还没有说给姐姐听。

鹏想回到深圳，先通过 QQ 给姐姐说，免得吓着她。

看到儿子回来，毛婶问："鹏啊，这回回石磬，了却心愿没？你也老大不小了，该成个家了！东方电子有限技术公司老总托人来说媒，想把她的千金清影许配给你。你爸说，征求你的意见，周末两家见个面。"

"妈，都跟您说了，这辈子，我就爱婉莹姐！"

"妈不同意，她离过婚，还带有一个孩子。"毛婶很生气，"再说，你只是一厢情愿，也不知人家婉莹答不答应？"

"妈，我的婚事，您就不要操心了，我自己会处理！"说完，鹏给母亲倒了一杯茶，端到她面前，"妈，您老消消气，快快乐乐安享晚年！"

"唉，你这个样子，我咋安享晚年？我看前世，你是欠了人家的！"母亲很生气。

"妈说得对！要不，刚生下来一直哭的我，一听到婉莹姐说话就不哭了呢。"鹏笑了，用手给母亲揉肩，长年劳累，母亲的肩周炎很厉害。

"婚姻大事，不能儿戏。你要和婉莹结婚，我和你爸是不会同意的，"毛婶一耸肩，手一掀，不让儿子揉。

"妈，您怎么能这样呢？不管你们同不同意，反正，我是要和婉莹姐结婚的！"鹏气鼓鼓地叫保姆张妈扶母亲上楼休息。

然后，走进书房，"砰"的一声关上门。

"嘀嘀嘀"，QQ上，姐姐的头像在闪动："弟，你到了吗？"

"姐，我到了！"鹏特别激动，赶紧给婉莹回了信息。

"到了，我就放心了！"婉莹给鹏发了一个微笑表情。

"姐……"鹏欲言又止。

"有事吗？弟！"婉莹说。

屋子里好安静。鹏的内心做着激烈的斗争，他怕一说出去，让姐姐难为情。他站起身，喝了一口浓茶。

"嘀嘀嘀"，姐姐的头像又在闪了："弟，怎么不说话呢？"

终于，鹏坐下来，在键盘上迅速敲击了一行字："姐，做我女朋友吧，我要娶你!"然后，发了出去。

鹏的心跳得好厉害! 书桌上，闹钟发出"嗒……嗒……嗒……"的响声，时间是如此的漫长。

"嘀嘀嘀"，头像一闪，鹏一看："啊! 弟，你说什么呢? 我可比你大七岁!"

"姐，我从小就喜欢你，就盼望着有一天，你能做我的新娘!"读到这句话，婉莹的脸红到了耳根。

"不行! 这绝对不行!!!"看到这七个字，四个感叹号，鹏知道姐姐担心什么，她是怕在世俗里抬不起头!

"姐，不要担心别人怎么看? 别看你外表大大咧咧像个男孩，处处表现得坚强。其实，你的内心就是一个小女子，需要男人的呵护、疼爱! 姐，把这个机会给弟，让我来呵护你!"

来信提示一直在闪，婉莹已经泪流满面，泣不成声。多少个孤独的夜晚，有谁知道她泪水打湿了衣襟? 她何曾不想有人护她一世周全呢?

想起离婚以后，自己独自一人带着儿子，风里来雨里去，又当妈又当爹，即使儿子生病住院，丈夫也没有来看过。这么些年，有谁知道她是怎么熬过来的呢?

婉莹呆呆地坐在电脑前，看着 QQ 里鹏的头像不停地闪，任眼泪滚落下来……

"姐! 姐!"鹏接连发了好几个信息，婉莹都没有回应，鹏的心空落落的。

隔了好久，婉莹和鹏都没有联系。

（十三）

三月，植树节到了！

学校派杨师傅到石磬小学指导老师和学生们种树。这次的树苗全是映山红，是由谢总提供的，希望种在石磬的美女山上。

杨师傅不愧是若水小学优秀的园艺师，到了石磬，顾不上休息，立马来到美女山，仔细查看地形，发现这座山坐南朝北，北边风口较大，种在北边的树木都长得稀疏，尤其是映山红已经不多了。

于是，杨师傅叫大家把映山红尽量种在南边，浇了水，缠上草绳。因为，三月的石磬春寒料峭，寒气依然袭人。刚种下的树，太娇气，容易被冻伤，所以要注意保暖。

种完树以后，杨师傅就回到了若水小学。

可是，树，种活了没有呢？杨师傅一直很牵挂。

秋天，若水小学的桂花树该剪枝了。杨师傅拿着大剪子，一边剪，一边念叨在石磬美女山栽种的那些映山红。

"杨师傅！"梁校长在喊他。

"哎……"杨师傅声音洪亮，大声答应着，"我在花园。梁校长，有事吗？"

梁校长来到花园边，一边弯腰捡起杨师傅剪掉在地上的枝叶，放到旁边的竹篓里，一边说："明天，学校要派老师到石磬，你有没有什么需要带给你干亲家的？"

梁校长说的杨师傅的干亲家，就是石磬的校工。杨师傅去的时候，校工叫自己的儿子拜杨师傅为干爹，他们成了干亲家。

"哦，没啥要带的，只跟他说，天冷了，注意给美女山的映山红保温，在树干底部缠上稻草，上面盖一些塑料薄膜。"杨师傅一脸真诚，乡音特别重。

"嗯，好！"梁校长点点头，"我记下了，放心，一定把您的话带到。"

这次去石磬小学的有五个人，婉莹、周磊、王梅、司机小山，还有深圳舟山小学的老师——清影。

清影这次是堵着气来石磬小学支教的。

她的父亲和鹏的父亲是生意上的伙伴，有多年的交情。清影的父亲很喜欢鹏，觉得他品行好，年轻有为，想把女儿许配给他。双方家长本来约好那个周末见面的，没想到鹏不愿意，说只喜欢自己的青梅竹马，离过婚的，并且比鹏大七岁的婉莹。

这个脸可丢大了，成了人们茶余饭后的笑柄。清影的爸爸妈妈觉得很没面子，发誓不与鹏家来往。

鹏的父亲气坏了，把茶杯狠狠摔在地上，骂道："你去投资家乡建设，我不反对！想娶那个女人，没门！"

"我就要娶，你管不着！"说完，鹏一甩门，离开了深圳。

清影比鹏小三岁，她气坏了！这算什么？鹏居然喜欢离过婚的，不喜欢我，我倒要看看这个婉莹有啥魅力？

于是，她请父亲帮忙，申请到石磬小学帮扶支教。

经过一番周折，清影来到若水小学，和梁校长取得联系，刚好遇到婉莹他们这期到石磬。

梁校长向大家介绍："这是清影，深圳舟山小学的语文老师，到石磬支教，这次与大家同行。"

"请大家多多关照!"清影微笑着说。

"你好! 我叫王梅!"

"我叫周磊!"

"清影好! 欢迎，我是婉莹!"

"婉莹？!"清影眉毛一皱，眼前的婉莹剪着短发，穿着灰色短呢大衣，平淡无奇，心里不禁恨恨道，"情敌! 土样，就一村姑，我还以为是什么凤凰。"

"婉莹老师!"见清影怪怪的表情，半天没反应，梁校长喊了她一声。

"哦，婉莹老师好!"清影微微摇摇头，回过神来，冒了一句，"久闻大名!"

"嗯？？？"大家面面相觑，"在哪里听到的啊？"

"哦，来的时候，做了一些攻略，你们若水小学的公众号上介绍过婉莹老师。"清影嘴角扬了扬，勉强挤出一个笑。

"清影老师有心了，婉莹老师还有许多故事，这次来，可以多了解了解。"梁校长说。

"一定一定!"清影嘴上答应着，心里却不屑，"哼，故事？"

出发了!

清影晕车，大家叫她坐前排。

婉莹很贴心，给每个人都准备了晕车贴。她拿出来，要给清影贴。

"谢谢，不麻烦，我自己来。"清影拒绝了，弄得婉莹有些尴尬。

小山不愧是部队出来的优秀驾驶员，驾车技术杠杠的，车在高速路上平稳地前行，感觉不到一丝晃动。

到三岔路口时，起雾了。这里是雾区，雾在山间缭绕，一会儿就向高速路涌来。

"好美，仙境！"清影长期生活在深圳，从来没有看见过这么大的雾气。这样的美景，只出现在电视剧里，如今亲眼看见，她特别兴奋，惊奇地看着窗外。她不知道，在山区行车，最忌遇到大雾，怕有安全隐患。但现在不宜告诉她，以免她担心。

于是，婉莹岔开话题："清影老师，你的名字真好听，让我想起了苏轼的《水调歌头》'起舞弄清影，何似在人间。'"

"呵呵，婉莹老师，我爸爸是大学中文系的高材生，特别喜欢苏轼的这首词，当我出生的时候，就根据这句话，给我取了这名。"

"难怪，这么有诗意！"

"人有悲欢离合，月有阴晴圆缺，此事古难全。"这时，小山唱起了王菲的歌《水调歌头·明月几时有》。

"小山师傅，会唱这首歌？"清影眼睛亮了，跟着唱起来，"但愿人长久，千里共婵娟。"

"但愿人长久，千里共婵娟！"王梅、周磊、婉莹也情不自禁唱起来。

到服务区了，小山说休息休息，等雾散了再走。婉莹跳下车，说给大家买点吃的。

"婉莹老师，我和你去！"王梅说。

"不用不用，大家辛苦了，下来活动活动，我去就行！"

一会儿，婉莹拿着玉米棒子回来了。这些玉米棒子特别新鲜，吃着甜蜜蜜的。

雾散了，太阳出来了，他们继续赶路。天快黑的时候，终于到达了石磬小学。

清影要求和王梅老师住一间寝室。

（十四）

一周后，小山开车回学校接梁校长，参加石磬小学校园文化建设落成典礼。西山教育厅领导，石磬镇长，石磬教育局长，还有谢总也要参加。

那天早上，石磬小学张灯结彩，婉莹和孩子们穿着古典汉服，表演《诗经·鹿鸣》："呦呦鹿鸣，食野之苹。我有嘉宾，鼓瑟吹笙……"在一派古朴典雅、祥和的气氛中，剪彩仪式结束，礼成！

各级领导讲话以后，主持人请梁校长讲话。梁校长走上讲台，向大家深鞠一躬，热泪盈眶地说："尊敬的领导，各位来宾，老师们，同学们，大家好！在来石磬之前，我们的校工杨师傅对我说：'校长，你到石磬以后，看看我们栽的映山红活了没有？'今天，看到石磬小学在大家的共同努力下，蒸蒸日上，欣欣向荣，我要对杨师傅说，'我们栽的映山红，活了'！"

梁校长话音刚落，台下响起了雷鸣般的掌声。

典礼结束后，石磬镇长和谢总一起来到婉莹的办公室。

"咚咚"，镇长轻轻敲了敲门，说："婉莹老师，我是镇长，来给你介绍我们的谢总！"

等了好久，都没听到声音。

"咦，没人吗？"镇长推开门，办公室里空空的，"婉莹呢？"

这时，张校长和清影来了。张校长说："梁校长有急事，婉莹老师和她提前走了！"

"啊？"镇长和谢总都愣住了。

"来，我给大家介绍一下，这位是深圳舟山小学的清影老师……"

"清影？"谢总吃了一惊，眼前这个女孩，扎着马尾，皮肤白皙，一身休闲打扮，活泼清新。

"这位是镇长，这位是……"张校长话还没说完，清影抢先说，"谢总，鹏，谢鹏！"

"你们认识？"

"未曾谋面，早有耳闻，果然是青年才俊！"清影眼睛一凛，嘴角勾起一丝笑。

"幸会幸会！"鹏听出了清影的话外音，说，"我在深圳，也听说过你！"

"哈哈，真是有缘啊！"镇长开怀大笑。

"呵呵，有缘，有缘……"

"叮"，鹏的手机里传来了信息，"弟，我走了，祝你幸福！"

看着屏幕上的几行字，鹏默默地收起了手机……

美女山上，映山红花开了，红艳艳的。

有一个小男孩手里拿着一个绣袋，在大声地喊："姐姐……"

轻轻合上书页，故事留在了心底。

仰望夜空，星星还在眨眼，夏天的蝉鸣似乎回响在耳边，天边的那朵云，是不是要去找雪花呢？

故事还在继续……

后 记

　　木子心老师，也就是子心老师要出书了，消息在学生中传开来。

　　子心老师喜欢图文并茂的文章，这一点，学生都知道，因为老师说图画是文本中跃出的生命。

　　上学的时候，子心老师经常引导孩子看图说话、写话，鼓励孩子们画图创编故事，那是孩子们童年时期最早的绘本启蒙。

　　这一次出书，子心老师肯定要画插图，让书图文并茂。

　　于是，萱萱、弋弋、天蕙，三个同门师兄妹自告奋勇给子心老师的书画画。子心老师很开心，一定要讲讲他们的故事——

（一）迷上漫画的女孩

　　师姐付与萱，子心老师叫她萱萱，川大毕业，一个迷上漫画的女孩，长得甜甜的，一笑就有两个小酒窝。

　　萱萱比较安静，读书的时候，总是喜欢独自坐在座位上做自己的事情，看书、画画、写作业……

记得四年级的时候，萱萱迷上了看漫画故事。每天书包里背的、抽箱里藏的都是漫画书。只要一有机会，她的眼睛就被漫画勾了去。

记得那次，萱萱得到一本新的漫画书。上科学课的时候，她没忍住，把手伸进抽箱里，翻开漫画书来看。看着看着，不知书上有什么好玩的情节，她竟笑出了声。这下可把科学老师惹火了，几步走过来，没收了书，严肃地说："打电话，请家长！"

下课的时候，一堆同学围了过来："萱萱，是什么漫画啊？我们都没机会看，可惜！"

"就是就是，咋不下课看呢？"

这些都是萱粉，每天一下课就围在萱萱座位旁边，和她一起看漫画书，画漫画，欣赏萱萱画的漫画。

萱萱有一个专门用来画漫画的本子，那可是她的宝贝，上面画满了各式各样的漫画，动物的、植物的、人物的……栩栩如生，同学们看得啧啧称奇，子心老师经常说萱萱以后会成为漫画家。萱萱很高兴，同学们也挺崇拜她，大家似乎看到一颗漫画家星星正在冉冉升起。

可是，萱萱太迷恋漫画了，以至于常常忘记了写作业，甚至不好好听课，为此，很多老师对她有意见。

这次，就被科学老师逮个正着，叫请家长。这可把萱萱急坏了！如果妈妈知道了，还不扒了她的皮，本来妈妈就反对她看漫画书，那以后真的与漫画彻底无缘了，萱萱沮丧极了。怎么办呢？

"萱萱，找一下子心老师，请她帮忙，别请家长！"班长给萱萱出主意，大家都知道子心老师偏爱萱萱，心软，一定会帮她的。

"我不敢!"萱萱很害怕,不敢去办公室找子心老师。

"别怕,我陪你去。"班长拉着萱萱的胳膊,来到办公室。

子心老师批改同学们写的作文,萱萱写的又是绘本故事,看得心情愉悦,正在和办公室的老师们分享呢!一见班长拉着萱萱扭扭捏捏不敢进来,就问:"怎么啦?"

"老师……"班长把事情的经过讲给子心老师听。

听了班长的话,子心老师沉吟了一会儿,说:"数学使人周密,科学使人深刻,伦理使人庄重……每一门功课都很重要。你科学课看漫画书,看来老师是真的生气了!我去求求情,看行不行?"说完,子心老师叫萱萱和班长在办公室等着,她去找科学老师。

一会儿,子心老师回来了,她抱歉地对萱萱耸了耸肩。萱萱眼泪汪汪地借子心老师的手机给妈妈打了一个电话。

放学的时候,萱萱的妈妈终于来了!子心老师领着她和萱萱一起来到科学老师办公室,萱萱妈妈不停地给老师赔礼道歉,严厉地训斥萱萱,从科学老师手里拿过漫画书就要撕。

子心老师见状,一把抢过书,大声说:"住手,别撕碎了孩子的梦!"

经过这次事件,萱萱知道了学好每门功课的重要性,向老师承认了错误。子心老师也向萱萱的妈妈汇报了萱萱在漫画方面的天赋,建议她在孩子有余力的情况下,让孩子学学漫画,有一个业余爱好。萱萱的妈妈接受了子心老师的建议,给萱萱报了一个绘画班,学习绘画。

萱萱不负众望,高中毕业后,考到了川大读书。业余时间也不忘绘画,她的漫画设计在网络领域很受欢迎,拥有众多粉丝。看,她为故事《路灯下，跑过一只懂你的鼠》画的插图，多么生动啊！

（二）"画你！"

终于改完最后一个本子，子心老师长长地舒了一口气。

她闭着眼，把酸痛的脖子向后仰了仰，听见"咔"的一声，"这颈椎，还真有点恼火呢！"子心老师心想。

她睁开眼睛，看向窗外："哦，天都黑了，赶紧收拾一下回家。"

路过教室时，她习惯性地走进去，看看窗户关了没有。这时，她发现靠窗户第一排的座位上，还有一个小小的身影，埋着头在桌子上画着什么。

"这不是弋弋吗，还没走啊，这么黑，怎么不开灯呢？"子心老师一边说一边把灯打开。

"老师，等你！我一个人，开灯浪费！"弋弋抬起头，细长小巧的眼睛，一说话就有笑意。

"等我，干吗呢？"子心老师走到弋弋面前。

"老师，大家都走了，学校没人，我怕你害怕！"弋弋扬起小脸蛋，他是个小男孩，才读四年级。

"噢哟，原来弋弋是要保护我呢！"子心老师的心里涌起一阵暖意，抚摸了一下弋弋的头，说，"谢谢我们的小勇士！"

"嘿嘿，应该的！"弋弋笑了。

"画什么呢！黑漆漆的，别把眼睛弄坏了！"子心老师探过头。

"画你!"弋弋把画递到老师面前,这是一张 A4 纸,上面用铅笔画着一个短头发女孩,长得好看,微微笑着,眼睛里有着温暖而柔和的光芒。

"这是我吗?"

"对呀!"

"我哪有这么年轻?"

"老师,你永远十八岁!"

"呵呵,你这话说得我好开心!"子心老师轻轻拿起画,说,"送给我好吗?"

"就是送你的!"弋弋高兴地把画送给了老师。

"滴答滴答",窗外下起雨了。

"咕……咕……"子心老师听到弋弋的肚子叫起来了,快七点钟了,肯定饿瘪了。于是,子心老师笑着说:"弋弋,人们都说,下雨就是留客呢,看来学校舍不得我们走,要留我们吃饭。你饿了没有?"

"没有!"弋弋双手捧着自己的脸蛋,说,"妈妈说我的脸像包子,包子里面有肉,不会饿的!"

"咦,包子也会饿的!"多可爱的孩子啊,子心老师笑了,"你闻,这是什么味?"

"嗅嗅,烤包子!"弋弋耸了耸鼻子,眼里闪着喜悦的光。

学校外面,是一个步行街,天一黑,所有的夜市小摊就摆出来了,烤粑粑,烤洋芋,烤包子,卤猪脚,卤鸡爪……香味飘得到处都是,叫人垂涎欲滴。学生放学走得晚一点,爸爸妈妈一定会带着他们吃了饭才回去。

弋弋的爸爸在外地工作,平时都是妈妈一个人带他。妈妈也在离学校很远的地方上班，今天可能是加班了，还没有来接他。这么晚了，外面又下起了雨，子心老师想请弋弋吃烤串，于是就说："好香哦，我想吃，你陪我去吃烤包子，好不?"子心老师笑盈盈地看着弋弋，下巴扬了扬，很期待地等弋弋同意。

"好!"弋弋使劲点点头，表示很愿意。

那天晚上，弋弋和老师都吃得好饱哦，直到雨停，妈妈开车来接，子心老师才心满意足地目送弋弋坐着妈妈的车离去……然后，又回到办公室里，把弋弋给她的画压在办公桌的玻璃底下，看到它，子心老师就像看到了弋弋!

这个弋弋是谁呢？他就是《大眼小眼》部分插图设计者——张丰弋!是同门师兄妹中的师弟，木子心老师的学生!

听说子心老师要出书，还在北京读高中的弋弋，立马说："老师，我放假回来给你画插图!"

子心老师非常感动!好久没有看见弋弋了，当弋弋把书的插图发过来的时候，看到夜空中一闪一闪的星星，子心老师的眼里噙着泪水，想起了弋弋小的时候，于是，写下了这篇短文……

(三) 勤奋上进的天蕙

史陈天蕙，也就是天蕙，是师兄妹中最小的，才十一岁，读六年级。

天蕙读三年级的时候，才从其他学校转到子心老师班的。第一眼看到天蕙，子心老师就很喜欢，她扎着高高的马尾，瓜子脸，有书卷气。子心老师问天蕙有什么兴趣爱好，天蕙说会弹古筝，会画画，爱读书……

老师一听，这么多兴趣爱好，一定是个勤学上进的孩子。

果然，一来到子心老师的班，天蕙就感受到了积极的学习氛围，同学们每天写日记，吟诵古诗，读书演唱，大家会的，她都不会。她着急地对妈妈说："我得努力，才赶得上同学们！"

于是，天蕙每天除了跟同学们完成子心老师布置的作业，还买了一本《诗经》来读。

一天，子心老师无意间看见她录制的《诗经》音频"关关雎鸠，在河之洲，窈窕淑女，君子好逑……"点开来听，啊，声音那样清脆悦耳，读得有感情，子心老师非常感动！

第二天上课的时候，子心老师把这件事告诉了全班同学，并且宣布要为天蕙读《诗经》。

子心老师的班规里有项奖励制度，如果哪位同学勤奋好学，热爱读书，那么全班就要为他读一本他喜爱的书。这次天蕙就得到了这份荣誉，全班同学每人买了一本《诗经》，大家一起读，并且用的是中华民族最古老的读书方式——吟诵。天蕙高兴极了，学习更努力了。

慢慢地，天蕙进步了。她知道了古诗的押韵，会用平调吟诵古诗，还会自己谱曲，写对韵歌："金对土，甜对涩，大海对湖泽。天坑对地逢，平原对沟壑。悲戚戚，乐呵呵，青草对百合。西安大雁塔，江西滕王阁。蛙声一片池中来，笑口常开人欢乐。"瞧这对韵，多有趣啊！

不仅如此，天蕙还是班级"内卷三人行"学习小组成员，起初，子心老师不明白，这个学习小组为什么要取这样的名字？在她看来,"内卷"毕竟不太好。后来,班会课的时候,同学们给老师解释,说这是概念活用,目的是互相比赛,激发学习动力。老师才恍然大悟,肯定道:"这个可以有!"

这次班会课以后,班上的学习氛围更加浓厚了。每天"内卷三人行"率先完成作业,在放学以前拿到办公室请子心老师批改。在他们的带动下,全班同学比学赶超,家庭作业都要在学校完成。

更让子心老师吃惊的是,"内卷三人行"团队越来越壮大,从最早的三人,变成了六人、十人……而且,每个成员都喜欢写小说。他们说要像子心老师一样,笔耕不辍,写故事,写小说。天蕙已经写了三部小说了——《白日放鸽》《幻想日记》《立体梦》,一听名字就吸引人,说不定哪天又一个著名小说家诞生了。

如今,子心老师要出书,孩子们特别兴奋。子心老师遗憾自己不会画画,孩子们争先恐后要给老师画。天蕙从小学画画,有一定的绘画功底。她说:"老师,让我为你画画,好吗?"

"好!"子心老师满脸笑意答应了天蕙,请这个勤奋上进的孩子为她的书画插图。你看,《我家的老牛》这幅画就是天蕙画的,一头慈祥的老牛正在草地上吃草,小女孩坐在旁边读书。听到小女孩朗朗的读书声,老牛笑了……

是的,老牛笑了,三个师兄妹的故事也讲完了。想到孩子们,子心老师也笑了。

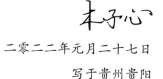

二零二二年元月二十七日

写于贵州贵阳